智慧公主马小岚纯美爱藏本6

公主河的秘密

gongzhu he　de　mimi

马翠萝　著

化学工业出版社

·北京·

图书在版编目 (CIP) 数据

公主河的秘密 / 马翠萝著. —北京：化学工业出
版社，2015.5（2024.1重印）
（智慧公主马小岚纯美爱藏本）
ISBN 978-7-122-23539-8

Ⅰ. ①公… Ⅱ. ①马… Ⅲ. ①儿童故事-中国-当代
Ⅳ. ①I287.5

中国版本图书馆CIP数据核字(2015)第066846号

公主传奇　公主河的秘密　马翠萝著
ISBN 978-962-08-5063-9
本书为新雅文化事业有限公司授权化学工业出版社有限公司在中国大陆地区出版
中文简体字版本，仅限于在中国大陆地区（不包括香港、澳门及台湾）发行销售。
未经许可，不得以任何方式复制或抄袭本书的任何部分，违者必究。
©2012 Sun Ya Publications (HK) Ltd.

北京市版权局著作权合同登记号：01-2012-2902

责任编辑：张素芳　　　　　　　　　　责任校对：陈　静

出版发行：化学工业出版社（北京市东城区青年湖南街13号　邮政编码100011）
印　　装：大厂聚鑫印刷有限责任公司
880mm×1230mm 1/32　印张 5¼　2024年1月北京第1版第13次印刷

购书咨询：010-64518888　　　　　　售后服务：010-64518899
网　　址：http://www.cip.com.cn
凡购买本书，如有缺损质量问题，本社销售中心负责调换。

定　　价：16.80元　　　　　　　　　　版权所有　违者必究

目录

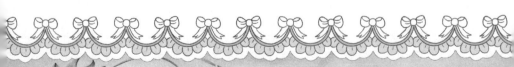

第1章
误闯枪林弹雨

"啾、啾、啾……"

一颗颗子弹从四面八方飞来，在马小岚、晓晴和晓星姐弟三人头上掠过，吓得他们把身体紧贴地面，不敢抬头。

因为晓星的一个提议，竟令他们误入了一个两国交战的战场，身陷枪林弹雨之中。

早前趁着假期，三个好朋友商量着出去旅行。按计划，他们今天上午乘坐由小岚驾驶的直升机到约约山看火山岩，之后就飞回机场，坐飞机回乌莎努尔。但在回机场途中，一直埋头看旅游杂志的晓星突然提议，让小岚拐远一点，前往坐落在乌隆、胡陶两国之间的云顶山。据旅游杂志上介绍，云顶山下有一块有上千年历史的姻缘石，任何人只要在姻缘石前说出心愿，都会如愿以偿。

晓晴一听便跃跃欲试，小岚见时间还早，也没有反对，于是拐了个弯，往云顶山飞去。

谁知天有不测风云，中途飞机上的通讯设备突然坏了，加上遇到大雾，飞机在空中迷了路，兜了几个小时，最后汽油耗尽，在一片开阔地上迫降。

谁知，飞机一降落，恐怖的事情就发生了。"啪啪啪"，机身霎时被枪弹射穿了十几个窟窿，舷窗玻璃也被打中了，碎片溅了他们一身。三个人急忙伏下，只听得外面枪声如炒豆子似的响成一片。

小岚从打穿的洞里往外看，发现他们被夹在两支正开战的军队之间了。情况十分危急！

小岚观察了一下四周，说："那边有个小镇，我们得赶快离开飞机，去小镇的房子里躲避！"

但是，要跑到小镇，要经过一段几十米的开阔地，身边、头顶不断有子弹射过，人根本不能直着身子走路，小岚当机立断："趴下来，爬过去！"

晓晴勉强趴在地上，却又嘀嘀咕咕地埋怨："这样多没仪态！"

小岚瞪她一眼："要仪态还是要命？"

晓晴没再吭声，晓星倒是兴致勃勃的："好玩！就像打野战一样。"

在地上爬的滋味，原来极不好受，才爬了几步，手肘和膝盖就被蹭破了皮，小岚和晓星还忍得住，娇小姐晓晴就受不了了。她越想越气，便责怪起晓星来。

"都是你！"晓晴气哼哼地瞪着弟弟，"要不是你出什么馊主意，要来云顶山下看什么姻缘石，我们早已回到乌莎努尔，悠闲地吃下午茶点了。"

"哇，你真会耍赖，刚才不知道是谁，一听姻缘石可以使愿望成真，就两眼发光，一个劲儿地催着要来呢！"晓星反击着。

"我没有！"

"你就有！"

吵着吵着，两个人竟然忘了危险，坐了起来。他们鼓着腮帮子，狠狠地瞪着对方，就像两只鼓气青蛙。

"你们想找死吗？"小岚伸出两只胳膊，把他们用力往地上一按。

"啾、啾、啾"晓晴、晓星刚伏到地上，几颗子弹就马上从他们头顶掠过，吓得他们再也不敢动弹。

正在这时，忽听"轰隆"一声，大家回头一看，只见直升机腾起冲天大火。看样子是子弹击中了油箱，令油箱着火了。

几个人都吓得目瞪口呆，幸亏离开了飞机，要不……

晓晴歇斯底里地尖叫起来。

小岚一把捂住她的嘴："闭嘴，你想成为下一个目标吗？"

晓晴住了嘴，身子却在发抖，腿软得再也爬不动了。她搂住小岚，呜呜地哭着："我们要死在这里了，我们要死在这里了！"

公主河的秘密

小岚拍拍她的肩膀："不会的，我们不会死的！你看，我们之前经历了那么多危险，在乌莎努尔坐直升机差点儿摔死，在南非月亮洞遇上地震差点儿压死，在明朝流落街头差点儿饿死，但我们不是都挺过来了吗？放心好了，我相信这次也会逢凶化吉的。"

"小岚姐姐说得对！姐姐，我们会没事的。"晓星说着递给晓晴一个破锅盖，那是他在路上捡的，"姐姐，这个送给你。你盖在头上，可以挡子弹呢！"

晓晴抽抽泣泣地接过锅盖，嘟着嘴说："盖在头上多难看！"

虽然表示不满，但她还是把锅盖盖在头上了，万一有颗子弹射中脑袋，这东西可能还真能挡一挡呢！

小岚称赞说："我们的晓星越来越像个男子汉了，懂得保护女孩子。"

晓星受了表扬，高兴得眼睛发亮："小岚姐姐，我要是再捡到一个锅盖，就给你。"

三个人继续向小镇爬去，爬一会儿，停一会儿，不时有子弹从头上、身边掠过，险象环生。几十米的路就像万里长征，足足爬了半个多小时，他们才爬到了靠边的一幢房子门口。

那房子大门紧闭，晓星首先伸手去敲门，可敲了十几下都没有人来开门，不知道是屋主怕危险不肯开门，还是里面

根本没有人。他们只好又爬到隔壁的房子，但敲了好久，还是没有人出来。

子弹从四面八方飞来，躲哪里都不安全。晓晴害怕得蜷曲着身子，好像想把整个身体都缩进那小小的锅盖里。她嘤嘤低泣着，边哭边叫唤着："老爸老妈啊，救命呀！我们快要死啦！"

晓星也吓得脸色发白，他看看小岚，希望她快点说出那句最能鼓舞人心的豪言壮语："天下事难不倒马小岚！"这样，他会放心些。

可是，小岚只是呆呆地看着那扇敲不开的门，一言不发。

晓星觉得没希望了，他脑子里不知怎的莫名其妙地涌出了一句诗，便随口念了出来："风萧萧兮易水寒，壮士一去兮不复还。"

小岚的确乱了方寸，在这枪林弹雨中，在这没遮没挡的地方，她的万般智慧都没法施展了。她心里在无助地喊着："万卡，万卡，快来救救我们！"

这时，忽然听到有人在喊："喂，过来，过来！"

是幻觉吗？三个人都不敢相信自己的耳朵。

这时，他们听到了更清晰的声音："喂，孩子们，快过来！"

大家一看，原来是隔壁一幢房子，门开了一点点，里面有人伸出一只手，一边朝他们挥着，一边喊。

三个人大喜，急忙向那幢房子爬去。一只有力的胳膊，把他们逐个拉进了屋子里。

屋子里有一男一女，都是三十来岁，看样子应是一对夫妇。女的看上去慈眉善目的，样子十分亲切。男的很高大，是强壮有力的那类人，刚才，就是他那只有力的手，把他们三个人拉进屋子里的。

小岚急忙向那对夫妇道谢："谢谢你们相救。"

女人只是温柔地笑着，男人豪气地说："小事一桩！"

晓晴惊魂甫定，感激地问道："请问先生太太大名，以后好报答你们。"

男人笑道："不用报答。叫我们迪先生迪太太好了！"

说话间，迪太太已拿来一个小药箱，从里面拿出一些消毒药水呀、纱布呀什么的："孩子们，来包扎一下，看你们手脚都受伤了。"

这时，大家才发现身上这里也痛那里也痛，原来手肘和膝盖等多处地方都擦破皮了，正渗着血。

晓晴一见，竟扁扁嘴，哭了起来。

"不哭不哭。来，阿姨先给你包扎。"迪太太温柔地扶晓晴坐下，又轻轻地替她处理伤口。晓晴开始时还扁着嘴哭，后来感觉并不很痛，迪太太又挺呵护的，就住了声。

第2章
战争根源

　　处理好伤口以后，大家回到桌子前，见迪先生在桌上摆了一碟炒花生。

　　"没什么好招待你们的，只有这些花生了。"迪先生不好意思地说，"自从几天前胡陶国向我们乌隆国开战以后，我们这座位于交战中心的边境小镇就成了枪靶子，胡陶国军队攻击的子弹打过来，我们军队反攻的子弹也尽朝这里钻。为了安全，我们家家户户紧闭门窗，不敢迈出大门一步。"

　　晓星说："怪不得我们刚才敲了几家大门，都没有人敢开门。"

　　小岚问："请问，胡陶国为什么要向你们开战呢？"

　　迪先生摇头叹气："说来话长。胡陶国和乌隆国接壤，本来世代友好，两国人民通商、通婚的很多。刚才你们降落的那片开阔地本来是我国开设的贸易广场，胡陶国的人平时可以过来购物、洽谈生意，一年到头都很热闹、兴旺。直到几个月前出了一件事,胡陶国想跟我国结成儿女亲家，他们的阿齐齐国王夫妇主动来找我们的阿力士国王，要将他们的美姬公主许配给我国的汉斯王子。但不知为什么，我们国王没有答应。美姬公主被拒绝，一气之下，竟跳河自尽了。"

晓晴眨巴眨巴眼睛："啊，美姬公主真可怜。"

晓星说："公主配王子，正好啊！阿力士国王为什么拒绝呢？"

"这个我也不清楚。"迪先生摇摇头，说，"胡陶国从此跟我们国家交恶，断绝外交关系，国王还勒令他的臣民不准跟我们往来。"

小岚问："互不来往也算了，大家各自为政。但现在又为什么打起来了呢？"

晓星也好奇地问："是呀！几个月前绝交是为了他们的王子和公主，那现在打起来了，又是为了什么呢？"

迪先生说："唉，说出来你们也难以相信，也是为了我们两国的公主和王子。"

晓晴眼睛睁得大大的，看她那八卦劲儿："太有戏剧性了，迪先生，快说来听听！"

晓星也一脸好奇："你们两个国家，究竟有几位王子公主呀？"

"我们国王有两位王子，汉斯王子和汉西王子。胡陶国国王有两位公主，美姬公主和素姬公主。"这时迪太太插进话来，"听说，素姬公主和汉西王子一向感情很好。美姬公主死后，胡陶国国王阿齐齐就再也不许素姬公主跟汉西王子来往了。但就在两天前，阿齐齐突然向我国宣战，他们说汉西王子把素姬公主拐走了。胡陶国在边境日夜开枪，作恐吓性的射击。我国也不示弱，也派出军队开枪回击，而不幸我们的小镇就夹在双方交火中心……"

晓晴说："这个胡陶国国王，也真是糊涂啊！大公主已经很不幸，为什么要祸延小公主呢？看，现在不但没了大公主，连小公主也没了！"

小岚问迪先生："汉西王子把素姬公主拐走了？这事属实吗？"

"现在是公说公有理，婆说婆有理呢！"迪先生说，"我有个朋友在胡陶国王宫做事，他告诉我，听说在素姬公主失踪之后，阿齐齐国王让人破解她的计算机密码，检查她的电子邮箱，结果发现了汉西王子发给素姬公主的信，信里清清楚楚地写着，要素姬公主跟他一块儿离家出走。"

小岚说："那阿力士国王怎么解释？"

迪先生说："阿力士国王说阿齐齐国王说谎。因为阿力士国王也找专家破解了汉西王子的计算机密码，登入了他的电子邮箱，发现了一封素姬公主写给汉西王子的信，信里说是素姬公主提出要汉西王子跟她离家出走的。"

晓星大声说："我明白发生什么事了！"

晓晴说："哇，弟弟你今天怎么聪明起来了。快说来听听！"

晓星说："我知道在这件事上，一定有一个人在说谎。或者是阿齐齐国王，或者是阿力士国王。"

晓晴撇撇嘴说："嘿，这谁不明白！还以为我弟弟什么时候长进了，这么快就参透了什么！"

"喂，周大小姐，都什么时候了，还搞针对！"小岚不满地瞪了晓晴一眼，"晓星能悟出这一点也不错呢！起码他动了脑筋。"

晓星见有小岚撑腰，悄悄地朝他姐姐吐舌头，气得晓晴在桌子底下拿脚踢他。

晓星好汉不吃眼前亏，忙跑开了。他跑到壁橱前面，装模作样地看着里面一张照片，喊着："好可爱的小男孩啊！"

小岚和晓晴听了马上跑过去看。那是一个两三岁的小男孩，黑色的鬈发，眼睛又大又机灵，嘴巴笑得弯成个小月亮，脸上还有两个小酒窝。

小岚和晓晴情不自禁地喊了起来："真的好可爱啊！"

小岚问迪先生夫妇："这个小男孩是你们的儿子吗？他在哪儿？怎么不在家？"

迪太太的眼睛霎时红了，迪先生忧心忡忡地说："对，他是我们的儿子小宝。开战前一天，他刚好去叔叔家玩，现在没法回来了。通讯都中断了，还不知道他情况怎样呢！"

迪太太"哇"一声哭了出来："可怜的孩子，没有我们在身边，他一定很害怕。枪弹没眼，他又淘气，不知道会不会跑到外面去玩……天哪，我的儿子！"

迪先生搂着她，嘴里说着安慰的话，但脸上却写满担心。

三个孩子都不知说些什么安慰的话才好。小岚忙走过去，拉着迪太太的手，说："别担心，有小宝的叔叔照顾着呢，他没事的！"

迪太太流着泪说："现在两国只是对峙，互相用枪扫射，如果战争升级，可能会用更猛烈的武器。那时，我们都难逃一死。可怜的小宝，他才这么小……"

大家正在安慰迪太太，突然听到胡陶国那边阵地有人用高音喇叭喊起话来："你们赶快交出素姬公主吧，我们已经没有耐性跟你们僵持下去了。十分钟后，我们会启动现代化武器，那时候，你们的阵地会灰飞烟灭，你们的边境小镇也会从此消失……"

屋子里的人全都呆了。现代化武器？这座无遮无挡的镇子，这镇子里的人，还能生存吗？

"哇！"晓晴哭了起来，"天哪，好不容易找到这避难所，没想到还是躲不过！早知早晚也得死，干脆就不爬那么长的一段路，弄得这里伤那里痛！"

迪先生夫妇没作声，只是眼里充满了无奈。

晓星努力挺着胸，显出英勇不屈的样子，但从他苍白的脸色，还有他那只死死抓住小岚衣服下摆的手，看得出他心里害怕极了。

小岚也没了主意，天哪，难道真的要死在这里？！危急关头，她又想起了万卡，心里暗暗祈求："万卡，你快来啊！你快来啊！快来救我们！"

但她又明明知道这不可能。因为没有人知道他们的行踪，更不会知道他们被困在这小镇上，很快便随着炮声灰飞烟灭。

第3章
以公主的名义

十分钟过去了，"轰"，一发炮弹落在小镇旁边，震得屋子里噼里啪啦掉下几大块灰土。屋子里的人都没有躲避，因为躲也没有用，躲到哪里都是死。

"轰"，又一发炮弹落在更近的地方，发出震耳欲聋的声音。大家都明白，这两发是试探性的发射，很快，第三发，或者第四发，就会命中小镇，镇毁人亡。

"小岚，我怕！"晓晴向小岚扑了过去。晓星见了，也顾不得保持男子汉风度，一把搂住小岚和姐姐。三个人抱作一团，静待那最后的致命一击。

十秒钟，二十秒钟，三十秒钟，那些大炮好像突然变成哑巴了一样，没再响起。一分钟，两分钟，还是没响，四周一片死寂。

十几分钟过去了，怎么回事？

屋里的人既惶惑，又惊喜，难道……胡陶国国王突然大发慈悲，不忍生灵涂炭，不再发动进攻了？

正在这时，听到外面传来一阵直升机声，又是一阵脚步声，接着，"砰砰砰"，有人敲门。

大家都吓了一大跳——这敲的正是迪先生家的门。莫非，胡陶国不使用炮火，改用军队进攻，士兵们已经长驱直入小镇了？

"砰砰砰"，又是一阵敲门声。屋里一片死寂，所有人都心惊胆战，脑子里飞速把破门后的情景想了一遍。小岚看过不少讲述战争的小说或者电影，那里有不少这样的情节：敌军进城后，烧杀抢掠、奸淫妇女……

"跟他们拼了！"小岚顺手抄起一个小板凳。

晓晴见了，也伸手拿起屋角一把扫帚。晓星情急之下，抓了一把花生，心想一把花生扔过去，也能吓唬敌人一下。

迪先生则拿来了一把菜刀和一根棍子，他把棍子塞到妻子手里，然后说："孩子们，让开，我来对付他们！"

话音未落，门"砰"一下被推开了。

屋里的人，心都吊到了嗓子眼，连向来胆子大的小岚，心都"扑通扑通"乱跳。

迪先生抢前一步，用身体挡住屋里的人。他把菜刀高高举起，大喝一声："谁敢进来！看刀！！"

门外的人似乎被吓住了，没有走进屋里。

门外站了不少人，有大约二十个，但奇怪的是，除了穿军装的军人，还有穿西装的。晓星在小岚耳边嘀咕了一句："这里的人真酷，怎么会穿西装打仗？"

这时候，一个穿西装的相貌威严的人走上前来，大声说："放下武器。我是总理雷斯！"

啊！屋里的人都感到很意外。

迪先生大吃一惊，因为他认出来了，面前这人真的是乌隆国的雷斯总理呢！迪先生对他一点儿不陌生，因为常常在电视新闻里见到他的样子。

总理来自己寻常百姓家干什么呢？迪先生正在发愣，雷斯又说："我们是来迎接乌莎努尔公国尊贵的小岚公主的。"

"公主？"迪先生惶惑地说，"总理先生，您弄错了吧？这里只有我们夫妇，还有进来躲避的三个孩子，没有什么公主。"

"有，怎么没有！"晓晴知道，救命的人来了，她拉过小岚，大声说，"乌莎努尔公国小岚公主在此，还不行礼！"

那些人一听，赶紧行礼。

雷斯总理微微鞠躬，说："让小岚公主受惊了，对不起！"

之后他们又自动自觉让出一条路，看他们恭恭敬敬的样子，好像是让后面一个地位更尊贵的人上前来。

一个身材颀长、穿着将军服装的年轻人走进屋里，他摘下了帽子。

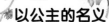

"万卡！"小岚一看，便尖叫着扑了过去。

"万卡，你怎么不早点来，你不知道，刚才好吓人，好吓人！"小岚一头扎进万卡怀里，话语里含着委屈。天不怕地不怕的马小岚，刚才的一幕幕，真的把她吓坏了。要知道，不管她有多坚强，毕竟还是一个只有十六岁的少女啊！

万卡拥着小岚，一只手轻轻拍打着她的背，就像呵护着一个受惊的小孩子。他满含歉意地说："对不起，真的对不起！我来晚了。"

小岚突然想起是在众目睽睽之下，这样的行为会有损自己平日的"英雄"形象，忙挣脱了万卡。她清了一下嗓子，说："算啦，晚了一点点而已，没关系！你是怎么知道我们在这里的？"

万卡说："我安排宾罗大臣去机场接你们，但他向航空公司查询时，发现你们并没有上飞机。继续追查，发现你们租用的直升机在中途出事了，降落在胡陶国。我们知道胡陶国和乌隆国正在开战，十分担心，便利用卫星追踪寻找你们行踪，结果发现你们在这里。于是，我要求交战两国暂时停战一小时，以便来这里接回你们。"

小岚好感动："万卡，谢谢你。每次有难，都是你救了我。"

万卡说："这是我应该做的。我承诺过，会一生一世保护你，不让你受到伤害。"

"万卡！"小岚太感动了，顾不上个人形象，又一头扎进万卡怀里。

万卡温柔地笑着，用手轻轻抚摸小岚的秀发。

周围的人竟噼里啪啦鼓起掌来。

"好感人啊！"晓晴眨巴着眼睛，感动得想哭的样子，又小声跟晓星说，"要是利安来了，我跟他肯定也会有这一幕的。"

晓星眨眨眼睛，故意质疑说："我看不一定。"

晓晴气得踢了他一脚。

这时，万卡走到迪先生面前，握住他的手，说："我是乌莎努尔公国国王，非常感谢两位！你们保护公主有功，我会报答你们的。"

迪先生回答说："国王陛下，施恩不图报，陛下万勿客气。"

万卡说："以我的能力，只能让胡陶国和贵国停战一个小时，战争仍会继续，请通知镇里的人赶快离开这里。迪先生和大人可以跟我们一起走，你们会在乌莎努尔得到最好的照顾的。"

迪先生看看妻子，妻子朝他摇摇头。于是，他坚决地说："谢谢陛下好意。但是，我们是不会离开小镇的，相信乡亲们也一定不愿意离开这里。我们生于此长于此，对家乡

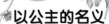

的一山一水、一草一木都充满感情，不管今后发生什么事，我们都愿意跟自己的家园共存亡……"

小岚听了很感动，她突然做了一个决定。

她看着万卡的眼睛，用坚定的语气说："我也决定留下来。"

"啊！"在场所有人都大吃一惊。

小岚继续说："我希望以乌莎努尔公国公主的名义，召开调停会议。请你帮我联络双方国王，并要求开会期间暂时停火。"

万卡看着小岚，眼里流露着担心："小岚，不管你想做些什么，我都会支持你。但是，这毕竟是交战双方，万一他们一言不合又打起来，我……我担心你的安全。这样吧，我也留下来，跟你一块儿处理调停一事。"

"太好了！"晓星、晓晴都欢呼起来，有了万卡这把保护伞，看谁敢不听！

小岚喜形于色，其实她也很想万卡留下，只是怕他国务繁忙，没有时间。

这时候，一名乌莎努尔官员走过来，他是外交部的一名司长。他先向小岚鞠了一躬，然后小声跟万卡说："陛下，您得赶快回去。晚上您说好了要接见旺旺国总理的。临出来时，莱尔首相一再叮嘱，要我提醒您，我们接着跟旺旺国有一份两百亿的贸易合约，不容有失。还有明天要会见兰地国的总理,后天要会见当归国的首相……"

"这些事交给莱尔首相处理好了。"万卡说,"在我心目中,没有什么比小岚公主的安全更重要。"

"陛下,这……"

司长还想说什么,被万卡打断了:"不用再说,我已决定了。"

晓晴推推小岚,妒忌地说:"听听,万卡对你多好。真羡慕死我了!"

小岚没理会晓晴说什么,她拉着万卡的手,说:"万卡,谢谢你的关心。但是,如果因为我而耽误国家大事,我会不安的。你回去吧,我会做好这次调停工作,然后平平安安回去的。你相信我好了!"

万卡看着小岚:"小岚,我不放心你。"

小岚显得信心满满的,她大声说:"天下事难不倒马小岚!万卡,你放心回去吧,等着我的好消息。"

万卡点头微笑:"我从来没怀疑过你的智慧。好吧,我把侍卫长留卜来,保护你们。"

小岚一听忙摇头摆手,她最不喜欢有人像尾巴一样跟在后头了:"不用不用!"

万卡知道小岚脾气,也不勉强:"那你们一切小心!"

第4章
谈判桌上的水果大战

　　靠着发达的现代通讯，当然更靠了万卡国王的面子（乌莎努尔曾给予胡陶国和乌隆国庞大的经济援助呢），仅用了二十分钟时间，就确定了于一小时后召开一次由乌莎努尔小岚公主主持的三国会议，胡陶国和乌隆国国王均会出席。

　　万卡临上飞机前，叮嘱小岚说："我已跟胡陶国和乌隆国说好了，他们会保证你的安全的。你只管放心去做你想做的事吧！"

　　小岚说："谢谢你！我要尽自己最大的能力，去制止这场战争！"

　　"小岚，我会一直支持你的！"万卡又叮嘱说，"听说两国积怨很深，他们未必肯放下仇怨停战。有困难时，随时找我。记住啊！"

　　"是，国王陛下！"小岚两脚一并，胸膛一挺，向万卡敬了个礼。万卡的脸上绽开了浓浓笑意，他用手指轻轻点了一下小岚的额头，笑着说："淘气鬼！"

　　小岚和万卡分别登上了停在广场上的两架直升机。万卡赶回乌莎努尔接待外宾去了。小岚和晓晴、晓星在雷斯总理的陪同下，赶往胡陶国外交部大楼（他们把这大楼叫做七角大楼）——调停会议就在那里召开。

那两国国王也真给足了面子，当小岚踏着恭迎贵宾的红地毯，走入外交部会议厅时，一干谈判人员已经等候在那里了。

"乌莎努尔公主马小岚驾到！"会议厅里的所有人一听，马上齐刷刷起立。

雷斯总理首先介绍乌隆国国王及其随员。乌隆国国王阿力士五十上下年纪，是个大胡子，人长得很壮实，说话嗓音粗粗的，看上去挺豪爽的。他跟小岚拥抱了一下，又说："公主殿下，听说您在边境曾有一段不愉快的遭遇，本王深表歉意。"

小岚说："不要紧，贵国民众饱受战火蹂躏多时，他们比我更惨，希望这次谈判能把他们从水深火热中拯救出来。"

阿力士用鼻子"哼"了一下，说："本王最讲道理，只要那些野蛮人能放下屠刀，我一定不计前嫌！"

小岚说："谢谢您的大量。有您这句话，停战就成功了一半了。"

轮到介绍胡陶国了。胡陶国国王叫阿齐齐，他瘦瘦的，脸上带着一副愤懑的神情,好像全世界都欠了他似的。但是他对小岚还是蛮客气的:"公主,早前让您受惊,本王深感不安,请公主海涵!"

小岚微笑说:"没关系,如果能化解你们两国仇怨,我觉得也值了。"

小岚被引到主席位坐下,晓晴和晓星分别坐在她两旁。贪嘴的晓星,眼球马上被桌上一盘盘水果吸引住了——好新鲜的水果啊!黄澄澄的香蕉,红艳艳的草莓,香喷喷的芒果……他咽了一下口水,想伸手去拿,但又忍住了。

"尊敬的阿力士国王,尊敬的阿齐齐国王,各位女士先生,现在开会。"小岚简单讲了召开这次会议的目的,她首先晓以大义,讲述战争带来的危害,要求胡陶国为大局着想,立即退兵。

当小岚请阿齐齐表态时,他一点也不合作,生气地说了一句:"要我退兵?好,叫阿力士交出我女儿。"

阿力士一听大怒:"你真野蛮!是你女儿约我儿子离家出走的,我儿子也失踪了,我还没找你要人呢,你倒恶人先告状!"

阿齐齐把桌子拍了一下,说:"明明是你儿子鼓动我女儿离家出走的,我有电子邮件为证。你完全是颠倒是非!"

阿力士把桌子拍了两下:"你不但颠倒是非,你还蛮不

讲理！"

阿齐齐站了起来，用手指着阿力士："你不但颠倒是非、蛮不讲理，你还阴险毒辣！"

阿力士也站了起来，也用手指着阿齐齐："你不但颠倒是非、蛮不讲理、阴险毒辣，你还狼心狗肺……"

阿齐齐怒冲冲地说："你不但颠倒是非、蛮不讲理、阴险毒辣、狼心狗肺，你还罪大恶极……"

阿力士气呼呼地说："你不但颠倒是非、蛮不讲理、阴险毒辣、狼心狗肺、罪大恶极，你还人神共愤……"

晓星听呆了，说："两位国王伯伯，你们在玩超级无敌四字词大接龙吗？"

"什么？"阿力士和阿齐齐有点莫名其妙。

晓晴不禁掩嘴笑了起来。

小岚也想笑，但拼命忍住了："两位国王，请坐下来好好谈，心平气和才能解决问题。"

阿齐齐说："我不想再跟这个人谈了，他害死我大女儿，又拐走我小女儿。这场仗，我非打不可！"

阿力士说："打就打！你以为我们是好欺负的吗？我这就回去调派军队，把你们赶回老家去！再一直打，打到你的老巢，砸烂你的王宫……"

阿齐齐大怒："好啊！看我现在就砸烂你的狗头！"说

完，他拿起桌上一只香蕉，就向阿力士扔去。

阿力士往旁边一闪，避开了，他也抓起两颗草莓，向阿齐齐掷去。阿齐齐没阿力士身手敏捷，一颗草莓正中他前额，开了花，鲜红的草莓汁流下来，像淌了一脸的血，十分吓人。

阿齐齐更加恼火，他抓起一个芒果，扔向阿力士……

由两国国王挑起的"水果战"，蔓延到了其他谈判成员，会议厅里乱套了，大家都拿起水果当武器，两国人员陷入混战。

"这帮人究竟在干什么呀？都疯了，疯了！"小岚神情错愕。

"哇，好刺激啊！"晓晴十分开心，她急忙从背囊里拿出录像机，兴奋地拍摄着。

"天哪，多好的草莓啊！"晓星眼巴巴地看着那些到嘴的水果变成武器被掷得稀烂，心痛极了。他急忙伸手，抢救出了一个芒果和两只香蕉。

"住手！"这时，小岚发怒了，她用尽全力尖声喊了起来，"快给我住手！"

一帮大人被她的尖叫声吓了一跳，马上住了手。

"你们，你们……"小岚看着那帮被水果汁染得五颜六色的国家领导人，气得顿脚。

看那些人仍然剑拔弩张的样子，小岚想，得想法子吓唬吓唬他们。身边的晓晴正拿着录像机，饶有趣味地翻看刚才的录像，小岚一把夺过她的录像机，高举起来："我已经把你们打架的情形拍摄下来了，要是你们再闹，我就把这段片子交给各国电视台，让全世界看看你们是怎样在谈判桌上'英勇作战'的。"

阿力士和阿齐齐呆住了。他们刚才只顾着攻击对方，根本没留意有人在拍摄。不好，如果在电视台播出，岂不颜面尽失！他们只好乖乖地坐下了。

小岚生气地说："叫你们来谈停战，你们却在谈判桌上打起来了，这……这简直是国际大笑话！"

那些人都低下了头，就像一群被老师训斥的学生。

小岚没好气地说："你们说，怎样才肯停战？"

阿齐齐眼睛一瞪："除非还我女儿！"

阿力士脖子一拧："除非还我儿子，还我公道！"

小岚说："好，那你们给我一个星期时间，我还你们儿女，还你们公道！"

谁知阿齐齐不同意："不行，我等不了那么久，我恨不得马上跟这个人算账！两天，我只同意停战两天。两天后，打他个落花流水！"

阿力士也不肯示弱："好，我也同意两天！我也等不及了，我要让你尝尝我们乌隆国的厉害！"

这个问题才达成共识，没想到他们又因小岚的住宿问题吵起来了。

阿齐齐说："小岚公主住我国，因为我们国家的酒店漂亮些，配得起公主的尊贵身份。"

阿力士说："不，小岚公主得住我国，我国的酒店美观而不俗气，配得上小岚公主的高贵气质！"

阿齐齐又说："不行，我们国家是受害者，小岚公主得住我们国家，方便她还我们公道！"

阿力士说："我们国家是受害者兼蒙冤者，小岚公主得住我们国家，方便为我们平反昭雪！"

阿齐齐说："住我们那里！"

阿力士说："住我们那里！"

两人大眼瞪小眼，就像两只恶斗中的公鸡。

小岚哭笑不得："好了好了，我两个国家轮流住好了。现在已经很晚了，我今晚和明晚就住这里吧，后晚住乌隆国。"

阿力士和阿齐齐异口同声地说："这还差不多！"

他们倒挺一致的。

"两天之后，你就知道我的厉害！"

"两天之后，你就知道我不好惹！"

临离开时，两位国王都忘不了留下一句恐吓的话。

小岚直摇头。小孩子打架，一人给一个冰激凌就哄得他们乖乖听话；两个国家打架，你给他一座金山或者一座银山，都不一定奏效。

阿齐齐吵架时强得像头牛，但对小岚还是礼数周到，蛮客气的。晚饭后，他亲自把小岚等人送到了风清清国宾馆。风清清国宾馆是胡陶国接待国家元首的地方，小岚虽然不是元首级，但因为乌莎努尔跟胡陶国的友好关系，阿齐齐还是让她住进了这家国宾馆。

说是宾馆，倒更像小别墅，因为它只是一栋由小花园围拥着的三层小楼。沿着一条鹅卵石铺成的小路，往小楼而去，登堂入室，才发现里面极尽豪华，虽然不及乌莎努尔王宫，但也及得上十之八九了。

不过，小岚他们几个人刚刚经历了那场枪林弹雨，又经历了下午那场劳神费劲的调停，都累坏了，提不起欣赏周围环境的兴趣。他们各自走进房间，草草洗了澡，就爬上床呼呼大睡了。

第5章
奇特的姻缘石

　　晓晴和晓星两姐弟都是让小岚从被窝里拖出来的，这两个懒家伙，太阳升起老高了，还赖着不想起床。

　　"睡睡睡，你们就知道睡！我们好不容易争取了两天的时间，难道就是为了睡吗？"小岚气呼呼地站在那两姐弟跟前，大声教训着，"我们要是不在两天时间里查出真相，他们又要打起来了！"

　　"是我不对，太不对，太太不对……"晓星梦呓般说着，身子摇摇晃晃的，往旁边一倒。

　　"站好站好！"小岚赶紧一把揪住他，不让他倒下去。

　　这边刚跟晓星生气，那边晓晴又出状况了："唔……让我再睡一会儿……不急，本小姐美貌与智慧并重，一定能帮你查出真相……"她说着，身子晃了几晃，往旁边倒去。小岚真是气不打一处来，她干脆把揪住晓星的手一放，两姐弟一个往左倒，一个往右倒，"砰"，撞个正着。

　　"哎哟！"

　　"哎哟！"

　　随着两声怪叫，晓星和晓晴彻底醒过来了。

"小岚，我发现你越来越坏了！"晓晴嘟着嘴。

"小岚姐姐，我不跟你玩了！"晓星苦着脸。

小岚一副无所谓的样子："随便吧！好啦，我一个人吃早餐去。啊，好丰盛的早餐啊，阿齐齐国王还真够意思，让人把胡陶国最美味的东西都端到餐桌上了！"

小岚边说边走。如她所料，马上有一双手把她扯住了。晓星眼睛发亮，他拉着小岚说："小岚姐姐，人家刚才跟你开玩笑呢！你等等我，我洗把脸就跟你一块儿去。"

晓晴不甘落后，也跑回自己房间，留下一句话："等等我，很快！"

一个小时后，三个人吃饱喝足，懒洋洋地靠在椅子上。小岚一言不发，看着落地窗外摇曳的树影，在想着事情。晓晴就和晓星热烈地讨论着刚刚品尝过的"猪不理包子"和中国天津的"狗不理包子"的异同。

一会儿，小岚坐直了身子，说："好啦，现在我们就来安排一下今天的行程。"

晓星抢着说："先去好玩美食多的地方逛逛。"

晓晴慵懒地打了个哈欠："我倒想回房间补补觉。"

小岚杏眼圆睁："周大小姐和周大少爷，你以为我们是在度假呀！我跟你们约法三章，第一，明天早上准时七点起床，不许睡懒觉，违者，挠脚板侍候；第二，一切行动听我指挥，如果私自出去购物或玩耍，没收身上所有银两；第三，不可借故结识男孩或女孩，违者驱逐出境。"

晓星嘀咕着说："我现在终于知道什么叫'苛政猛于虎'了。"

晓晴也不满地说："真不够朋友！"

小岚一点不留情："不满是吧？自个儿回乌莎努尔去，我绝不挽留！"

晓星眼珠骨碌碌地转了一圈，觉得接受"苛政"总比被赶回去要好，便马上信誓旦旦地说："好，我保证遵守这三条法例，保证！"

晓晴露出一副勉强样子，心不甘情不愿地说："好吧！"

"好，那我们现在就去云顶山，寻找姻缘石……"

晓晴一听马上来了劲儿，她大声响应："赞成赞成！嘿，小岚你怎么不早说今天去找姻缘石呢？"

晓星说："是呀是呀，早知道今天去找姻缘石，就不会跟你讨价还价了。"

小岚说："喂，你们别自作聪明，我们去找姻缘石是为了查案。因为据了解，素姬公主和汉西王子失踪前，是约定在姻缘石见面的，我们要去看看那里有没有留下什么蛛丝马迹。"

晓晴兴致勃勃地说："没问题，我会办完公事再办私事的。"

小岚"哼哼"了两声，领头走了。

两部小轿车在楼下等候着，每部车前都站了两个穿黑色西装的年轻男子，看样子是保镖。一见小岚等人出来，四个保镖一齐鞠了个躬："公主早上好！周小姐、周先生早上好！"

小岚点头微笑说："各位早上好！"

其中一名小头目模样的保镖对小岚说："公主，奉阿齐齐国王陛下之命，我们四个人负责保护您的安全。"

小岚马上说："谢谢国王美意。不过，我们不用保镖。你们请回吧！"

小头目很为难："这……"

小岚说："放心好了，贵国民风淳朴，安全得很。等会儿我给国王打个电话，跟他说明，他不会责怪你们的。"小岚说完，上了前面那部车，对司机说："去云顶山下姻缘石！"

晓晴坐到小岚身边，她埋怨说："怎么不让保镖一起去呢？有帅哥陪不好吗，又威风，又安全。"

小岚没好气地说："小姐，我们不是来逛街的，我们是

来查找事情真相的！这么多人跟着，多不方便。"

没想到，那云顶山还挺远的，直到快中午时，才到了。那山在一个"三不管"地带，为什么要叫"三不管"呢？因为它所在的位置既不属胡陶国，又不属乌隆国，也许是当年划分国界的人粗心忽略了这座山的属权，而后来又难以确定适合将其划入哪一个国家，只好由它变成"三不管"了。

小岚吩咐司机在车里等着，自己和晓晴、晓星往姻缘石而去。

姻缘石竖立在山脚下，远远看去，它的造型十分奇特——两块高五六米、宽两三米的条状大石并排而立，两石间相距约半尺，最奇的是中间处又相连接，看上去，很像两个人手拉着手站着。怪不得人们把它叫做"姻缘石"了。

晓星围着石头团团转，一边看一边嚷着："哇，好神奇啊！"

晓晴早忘了刚才的承诺，她已抓紧时间许愿了。只见她站在姻缘石前，嘴里喃喃地，不知在说些什么。

小岚早就不对那两个家伙抱什么希望，就自顾自观察起周围环境来。

姻缘石背靠云顶山，前面是一大片开阔地，放眼望去并没发现有民居。云顶山挺高、挺大的，看上去林木森森，想是种满了各种树木。

小岚一边观察，脑子里不断涌出问号：公主和王子相约在这里见面，他们到底有没有来？来了以后又发生了什么事？他们后来上哪里去了？

也许是由于战争，姻缘石前冷冷清清的，只有一对年轻人在石前许愿。这时候，一个中年人挑着一捆柴从山上下来。小岚赶紧上前，跟他打招呼："叔叔您好！"

中年人笑着回答："小姑娘，你好！"

小岚说："这么早就上山打柴吗？"

中年人说："是呀，打仗那些天，家里能烧的东西都烧光了。现在暂时停战，得抓紧时间准备些柴草，万一又打起来，有点东西好烧。"

小岚说："放心吧叔叔，不会再打仗的，一定不会再打仗的。"

中年人看着小岚，说："小姑娘，你心肠真好，希望承你贵言，不会再打仗。"

小岚说："叔叔，向您打听点事。四天前，即本月十五号，您有没有经过这里？"

中年人说："有啊！我那天也上山打过柴，来回都经过姻缘石呢！"

小岚又问："那您有没有注意到，那天在这姻缘石旁边有没有什么特别的事情发生？"

"你这可难倒我了。我只是经过而已，也没怎么留意。"中年人想了想又说，"要是你想知道什么，可以去找芬丝问问。"

小岚问："芬丝？芬丝是什么人？"

中年人说："她是个小贩。打仗前，她天天在这里摆卖饮料。打仗后兵荒马乱的，没有人再来这里，她也就没再摆卖了。十五号那天，她还在这里，她或许可以回答你想知道的事。"

小岚高兴地说："谢谢叔叔！请您告诉我芬丝住在哪里。"

中年人爽快地说："行！"

小岚问了芬丝的详细住址后，便急急地走回姻缘石，见晓晴两姐弟一个仍在双手合十不知说些什么，另一个则围着大石东摸摸西摸摸一副傻样。

小岚大声说："喂，走啦！"

晓星一听开心地说："小岚姐姐，查到什么了吗？"

小岚说："当然，天下事难不倒马小岚！"

晓星兴奋地拉着小岚就走："好啦，快回七角大楼去。"

小岚挣开他的手："干什么呀？"

晓星说："不是查到什么了吗？回去告诉阿力士和阿齐齐国王呀！"

小岚敲了他脑袋一下："笨！有线索不等于真相大白了，回去告诉他们什么呀？"

"哦！"晓星有点泄气地说，"我以为你已经破案了呢！"

"废话。你姐姐还没祷告完呢，这一点点时间就能破了案，你以为我是神仙啊！"小岚说，"我只是查到了一个有可能提供线索的人。快走，我们现在就去找她！"

走了几步，小岚发现身后只跟着晓星，回头一看，只见晓晴仍在姻缘石前面嘀嘀咕咕的。

"喂，你怎么这么多话呀！你只是求姻缘，只要说出你想跟谁过一辈子不就行了！"小岚一边说，一边拉着晓晴走。

"你放手呀放手呀！"晓晴挣扎着，"我还没说完呢！"

晓星也问他姐姐："是呀，姐姐，你怎么那么多愿望呀？"

晓晴说："嘿，光是说想跟谁好是不够的，我还要说出希望那人要怎么对我好，恋爱时最好送我什么礼物，谈婚论嫁时要送我什么首饰，当然一只几十克拉的钻石戒指是免不了的，要办一个大型的豪华婚礼……唉，刚说到希望去哪里度蜜月，你们就来捣乱！其实我要说的还多着呢，结了婚以后，家中事一切由我做主，还有……"

晓星睁大眼睛："姐姐，我真怕你嫁不出去！"

晓晴怒气冲冲："住嘴！你太低估你姐姐的魅力了……"

"周大小姐，你再说我恐怕要昏倒了！"小岚打断晓晴的话，"快走吧！等解决了两国停战的问题，你再来这儿说上十天十夜！"

晓晴不满地说："走就走！人家说要一次说完愿望才会应验的，害得我以后又得从头再说一遍！"

第6章
寻找芬丝

去找芬丝，还真费了一番周折。从姻缘石走到芬丝住的地方，是一段很长的路，而且那段路车子不能走，又像迷宫似的东拐西绕。小岚和晓晴、晓星三个人走了大半个小时，一路上问了不下十几个人，才在一条小巷尽头找到了她住的小石屋。

偏偏芬丝又不在家。三个人坐在门口足足等了一个小时，直到晓晴的嘴巴越嘟越长，可以挂个汽水瓶子了，芬丝才一摇三摆地回来了。

小岚一见有个瘦得像根竹竿的女孩走来，就知道是芬丝，因为砍柴大叔说过她的特征，就是又瘦又高。她看上去比小岚他们要大几岁。

小岚很有礼貌地说："请问你是芬丝吗？"

那女孩疑惑地看了看他们，说："我是。找我有什么事呀？"

小岚说："我们想找你了解点事。我们可以进屋谈吗？"

芬丝把门一挡，说："不行！天晓得你们是好人坏人。

像我这样如花似玉的美女，得提防着你们这些狂蜂浪蝶！"

啊！小岚三人真是哭笑不得，什么时候他们也成了狂蜂浪蝶了？

晓星走上前说："芬丝姐姐，你说得一点没错，像你这么漂亮，漂亮得天上有地下无的女孩子，真要小心一点。但你放心好了，我们不是坏人。我是神探晓星，因为要查一个案子，想请你提供点线索。"

"神探？天哪，我最崇拜神探了！"芬丝眼睛发亮，她张开双臂，竟热情地想跟晓星来个熊抱，吓得晓星赶紧躲到小岚背后。

"请进请进！"芬丝一点不觉得尴尬，反而热情地招呼晓星进屋，又对小岚和晓晴说，"你们俩一定是晓星神探的助手吧，也请进来。"

芬丝家里陈设很简单，唯一引人注目的，是墙角一个小书柜，小岚看了看，书柜里放的大多是福尔摩斯和阿加沙·克里斯蒂等侦探小说作家的作品。

小岚明白了：原来芬丝是个侦探小说迷，怪不得对他们的态度有这样180度的转变。

"晓星神探，你破过什么案？惊险吗？"芬丝好奇得像个小孩子。

晓星忘了刚才的惊吓，大吹牛皮："破过好多案！比

如，替一个大国找回一个国王啦，替一个历史悠久的王室侦破了一宗枪击案啦，嘿嘿，真了不起！"

小岚直眨眼睛，哪有人说自己了不起的！

偏偏那芬丝却喜欢，她看着晓星，眼里满是仰慕，十足一个小Fans："哇，晓星神探，你真厉害呀！我真要把你当偶像了！"

晓星听了忘乎所以。

芬丝又殷勤地说："你们想查什么案？需要我帮些什么？"

晓星朝小岚挤挤眼睛，说："就让我的助手小岚跟你讲吧。嘻嘻……"

"是，神探！"小岚煞有介事地朝晓星点点头，她又对芬丝说："请问，打仗前，你是不是在姻缘石旁边摆了个卖汽水的摊位？"

芬丝点头说："是的。"

小岚又问："你记不记得，本月十五号，在姻缘石附近，有没有来过什么特别的人？或者有什么特别的事情发生？"

芬丝想也不想就说："这姻缘石旁边发生的事，天天都一个样，都是些男男女女来求姻缘，求完了就走，没有什么特别的事。"

小岚说："你再想想。"

芬丝说："如果你一定要我说特别的事，那就是十五号那天我摆摊的时间最短，但挣到的钱最多。"

小岚很感兴趣："这有点特别，说来听听。"

芬丝说："那天刚开张不久，就来了一个光头和一个头发长长的男人，他们一下子买了三十罐啤酒，我平常有时卖一天都没有这么多呢！过了不久，又来了一个很大方的女孩，她拿着一张五十块钱的纸币来向我买一瓶矿泉水，我没有零钱找给她，她竟然说不用找了。那瓶水只卖五元钱啊！"

"哦……"小岚若有所思，"那摆摊的时间最短，又是为什么呢？"

芬丝说："那天上午，我还没到十一点就收了摊位回家了。因为当时发生了一场山火，火灰都飘到我的摊位了，我觉得反正挣够了，就早早收摊回了家。"

小岚问："那你记不记得，那女孩长什么样子，穿着打扮有没有什么特别之处。"

芬丝回忆了一下："长得还算漂亮，跟我差不多吧……"

"咳咳咳……"晓晴猛地咳嗽起来，又拼命捂住嘴巴，憋得满脸通红。

芬丝看了她一眼："你怎么啦？"

小岚暗暗捏了晓晴一把，怕她坏了事。

　　小岚对芬丝说："你别管她，她喉咙有毛病。"

　　"你保重！"芬丝拍了拍晓晴的背，又继续说，"她穿着打扮挺漂亮的。要是我也穿上这样漂亮的衣服，一定比她还美呢！"

　　"我相信！"小岚郑重其事地点点头，又问，"女孩来姻缘石做什么？待了多长时间？她后来上哪里去了？是一个人走的，还是跟其他什么人走的？"

　　芬丝眼睛瞪得大大的："嘿，你这助手问的尽是怪问题！她来姻缘石，肯定是来求姻缘嘛，当时人来人往的，我又只顾招徕顾客，也没留意她什么时候走的。但在我印象中，她好像一个人待了很长时间，好像在等人似的。不过，我走的时候她已经不在了。不知道她是什么时候离开的。"

　　小岚又问："你后来还见过那个女孩吗？"

　　芬丝说："没有。因为第二天就打仗了，我也没再去那里摆摊了。"

　　小岚点点头，说："谢谢你给我提供线索。好了，我们走了。"

　　"走？不行不行！"芬丝缠着晓星，"神探，我想听听你的破案故事，你快给我讲！"

　　"对不起，我们确实很忙。以后有时间再来给你讲。"

小岚说完，起身往门外走去。

晓晴也站了起来，拉起晓星："晓星，走吧！"

芬丝夸张地惊呼起来："神探，你这两个助手好过分，她们怎么敢命令你……"

晓星扮了个鬼脸，说："我们这个组合有点特别，助手比神探权力大，我得听她们的。对不起，再见！"

"唉，偶像，那我们不知何年何月才能再见了。真令人伤心。"芬丝朝晓星张开双手，说，"我们来个Goodbye Kiss！"

"救命！"晓星吓得赶紧跑了。

"神探，等等我！"芬丝在门口拼命顿脚。

三个人看见芬丝没追上来才放慢了脚步。晓晴气喘吁吁地说："傻大姐一名。白跑一趟！"

小岚说："我倒觉得没白来！起码弄清了一件事，就是十五号那天，素姬公主的确来过姻缘石。"

晓晴眨巴着眼睛："你认为那个用五十块钱买一瓶矿泉水的人，就是素姬公主吗？"

"是的！"小岚点点头。

晓星说："我也觉得会是素姬公主。一般人哪有这么大方，白白多给了四十多块钱。"

晓晴说："有可能。"

小岚说："现在可以证实一点，素姬公主的确来过姻缘石，等汉西王子等了很长时间。但汉西王子为什么要让她久等？汉西王子后来有没有出现？素姬公主是跟他一块儿离开的，还是一直等不到汉西王子？"

　　"我明白了！"晓晴喊了起来，"一定是这样，素姬公主约汉西王子在姻缘石碰头，然后一起离家出走，但是汉西王子不想这样做，所以没有赴约。素姬公主等来等去不见汉西王子出现，很伤心，所以……啊，天哪，她一定是跟她姐姐一样，自杀了！"

　　小岚被晓晴的话吓了一跳："不会吧！"

　　晓晴说："对，一定是这样！汉西王子怕阿齐齐国王找他算账，所以躲起来了，连阿力士国王都不知道他在哪里。"

　　晓星说："这回我支持姐姐了。芬丝只见到素姬公主，没见到汉西王子，这极有可能是汉西王子根本没出现。哎呀，怪不得阿齐齐国王这么愤怒。"

　　小岚拼命摇头："不会的不会的。"

　　她实在接受不了这样的推测，要真是这样的话，那胡陶和乌隆两国就休想有和解的一天了。

　　小岚脑子乱糟糟的，晓晴和晓星再说了些什么她都听不进去了。又走了大半个小时，他们才回到了姻缘石。

司机正在姻缘石前走来走去，十分焦急，一见到小岚他们回来，忙说："谢天谢地，小岚公主，你们终于回来了！国王打电话来找您很多次了，很担心您呢！"

经司机这么一提醒，小岚才发现已是下午两点多了。晓星这时直嚷嚷："饿死啦，饿死啦！"

他们连午饭都还没吃呢！

小岚坐进轿车，吩咐司机："回去吧！"

下午四点，他们终于回到了国宾馆。国宾馆餐厅马上变得气氛紧张，总经理不敢怠慢，亲自跑入厨房指挥。幸亏有厨师随时候命，不到几分钟，就陆续有菜肴端出来。

三个人什么都顾不上了，饱餐一顿再说。

"好饱！"肚子填满后，晓星放下筷子，又喝了一大口冰冻果汁，眯着眼睛说，"舒服，舒服到每一根头发，每一个毛孔。"

好久没试过饥饿了，原来饥饿过后饱餐一顿是这样令人满足的！

这时候，他们才发现自己身上都脏兮兮的，又是汗又是灰尘，于是决定回房间洗个澡，换身衣服再说。

他们约好半小时后在酒店花园的草坪上集合，商量下一步怎么做。

半小时后，小岚第一个来到了花园。草坪中间有几棵大树，

树下有两张双人椅子，她坐了下来，靠在靠背上想事情。

希望晓晴说错了。汉西王子没有失约，或者他那天有去姻缘石，只是芬丝没看见他罢了。

希望他们两个人好好地躲在什么地方，再花点时间，自己就可以把他们找出来。或者，他们知道闯了祸，很快自动现身，化解两国矛盾……

"小岚！"

晓晴来了，她看了看四周："晓星还没来吗？这家伙，老说我磨蹭，说我动作慢，看，这次他成了尾巴了……"

晓晴正在埋怨，忽然见到晓星狼狈地跑了过来，边跑边喊："救、救命！"

两个女孩不知道他发生了什么事，正想采取行动，就听到一个高八度的女声："神探，神探，等等我！"

是她？果然见到了晓星后面的竹竿女孩——正是芬丝！

天哪，她怎么追到这里来了！

晓星气急败坏地跑了过来，躲在小岚背后。

小岚也纳闷，这傻大姐竟然跑这么远的路，来索一个Goodbye Kiss？

晓晴急忙为弟弟护驾，她挺身拦住芬丝："喂，你脸皮真厚，竟然追到这里来了。"

"什么？"芬丝不满地说，"我只不过是想见见我的偶像……"

晓晴说："你再骚扰我们，就叫人把你赶出去！"

"芬丝，你想干什么？第一天上班就胡来！"是国宾馆总经理来了，他蛮紧张的样子，大声呵斥道，"你竟敢骚扰我们最尊贵的客人！"

"我没有、没有。"芬丝见了总经理，就像老鼠见了猫，弯着腰低着头一动不敢动。

总经理急忙向小岚赔不是："公主，让您受惊了，真对不起！我马上解雇这个不懂规矩的员工。"

员工？原来芬丝是在这里工作的。

小岚见芬丝可怜巴巴的样子，忙说："没事没事，一场误会而已。芬丝也没对我们做什么，你不要解雇她。"

"谢谢公主大量。"总经理又对芬丝说，"这是乌莎努尔的小岚公主，还不赶快道谢！"

"谢谢您大人不计小人过！"芬丝不停地鞠着躬。

小岚对总经理说："你有事去忙吧，我还想跟芬丝聊几句。"

"是，公主！"总经理说完，又悄悄跟芬丝说，"别再闯祸了！"

芬丝眼角瞟到总经理走远，才松了一口气，对小岚说："小岚公主，您真是个大好人！要不是您，我一定会没了这份工作。"

小岚笑说:"小事一桩!再说,你也曾经帮过我们,是我们的朋友。"

"朋友!天哪,您把我当朋友!"芬丝高兴得手舞足蹈的,"您这个公主就是不一样,不像我以前侍候的公主,又傲气又任性。"

小岚一听,马上问:"你曾经侍候过公主?哪个公主?"

"就是美姬公主!"芬丝说,"我是她的梳头宫女,直到几个月前她去世了,我才出宫的。"

小岚眼睛一亮:"那你一定知道很多美姬和素姬公主的事了。"

芬丝得意地说:"那当然!"

小岚十分高兴,她对芬丝说:"这样吧,我跟你们总经理说,今晚由你来侍候我们,你给我们讲讲两位公主的事。请坐吧!"

"谢谢!"芬丝显得很高兴,她坐到了小岚对面的椅子上,又朝晓星招手,"晓星神探,快来,我跟你一块儿坐!"

晓星赶紧坐到小岚旁边:"不,我要跟小岚姐姐坐。"

晓晴朝芬丝翻了一下白眼,极不情愿地坐到了她身边。

第7章
美姬公主和汉斯王子

芬丝清了一下嗓子，她见小岚和晓晴、晓星都用期待的目光看着她，知道自己备受重视，不禁十分得意："你们想听什么？尽管说！"

小岚说："就说说你们两位公主和乌隆国两位王子的爱情故事吧！"

芬丝坐直了身子，有声有色地说了起来。

下面，就是芬丝说的故事。

我就先讲美姬公主和汉斯王子吧，说起来，他们的爱情，还是素姬小公主间接促成的呢！

当时胡陶国和乌隆国两国国王十分友好，阿力士国王常常带着两个王子来胡陶国王宫做客。记得那天，我正在给美姬公主梳头，雪莉大惊小怪地跑进来了。

"公主，公主，我发现……"雪莉说到这里，看了我一眼，好像不想让我听到。

美姬公主转头对我说："芬丝，你先出去。"

"是！"我转身朝外面走去，心里酸酸的。雪莉还不是跟我一样，是个侍女吗？真不知道美姬公主喜欢她什么，把她当心腹看。

走到外面，我多了个心眼，便躲在门外偷听。

"公主，我按您的吩咐，去了加丽湖边，果然见到素姬公主和汉西王子在亲热地说话呢！"

"我这妹妹真不听话，跟她说了多少次了，我们可是尊贵的公主，要保持矜持，保持高贵身份，不要随便跟男孩子交往，哪怕他是国王、王子。"

这雪莉的声音跟美姬公主的声音特别像，我只能凭着谈话内容听出谁是谁。

"不行，我得去干涉一下。雪莉，你跟我走。"

"是！"

雪莉扶着美姬公主刚刚走了几步，就喊了起来："哎哟，公主，我走不了啦！刚才跑回来时太急了，摔了一跤，脚踝现在好痛。"

我听了捂着嘴偷笑，活该！

"哎呀，你真笨！"美姬公主又提高声调喊着，"芬丝，芬丝快来。"

"来啦！"我三步并作两步跑了进去。

美姬公主说："跟我去加丽湖。"

"是！"我兴高采烈地应道。

知道我为什么这样高兴吗？因为宫里礼数很严，像我这种梳头宫女，是不能陪伴主人出去见人的，平日的活动范围就局限在美姬公主的寝室和自己住的房间。加上我当时进宫不到一星期，连外面的花园都没去过呢！

一路上美姬公主的脸色都不好。虽然我接触她时间不长，但也知道她很骄傲，性子很倔强。想来是素姬公主不听她的话，令她很生气。

走了一会儿，已经远远看到一个水天一色的湖了，又隐约见到一男一女背向我们坐在湖边，他们互相依偎着，很是亲密。想必那一定是素姬公主和汉西王子！

"气死我了！"美姬公主加快了脚步。

我在后面紧紧跟着，其实我也十分好奇，想看看他们长得怎么样，是否真如别的侍女所说，是一对漂亮的金童玉女！

离湖边还有十几米时，突然从大树后走出一个年轻人，他一伸手，把美姬公主拦住了。

美姬公主和我都吓了一跳。美姬公主定了定神，便生气地嚷起来："汉斯，你干吗拦我？"

哦，原来这人就是乌隆国的大王子汉斯！只见他一表人才，真是帅哥一名呢！

汉斯鼻子"哼"了一声，说："我知道你想做破坏王，拆散我弟弟他们，所以特地等在这里，做他们的保护神。"

美姬公主平常说一不二，连国王和王后都让她三分，她哪受得了这气，愤怒地嚷起来："你……"

她下面的话还没来得及说出口，就被汉斯王子捂住了嘴巴。接着，汉斯王子像绑架似的，把美姬公主扯着往加丽湖的相反方向走去。

我有点不知所措，只好傻傻地跟着。

直到离开加丽湖颇远时，汉斯王子才放开了美姬公主。美姬公主好凶啊，她大骂："你们两兄弟没一个好人，一个引诱我妹妹，一个又绑架我！我告诉父亲去。"

汉斯王子却显出无所谓的样子，说："如果真心相爱、两情相悦算是引诱，你尽管去告吧！"

美姬公主说："那你刚才绑架我，这账我一定得跟你算！"

汉斯王子说："哈，绑架，绑架你去哪里？你现在不是好好地站在自家王宫里吗？"

美姬公主没话可说，一怒之下，竟挥起拳头，直往汉斯王子胸口捶去。

谁知那汉斯王子躲也不躲，避也不避，竟若无其事地站着让美姬公主打。想来那美姬公主弱不禁风的，打下去也只是抓痒痒似的，一点不痛吧！

美姬公主闹腾了半天，见没占上便宜，只好住了手，气

哼哼地站在那里生闷气。

汉斯王子说："别生气了，我向你道歉行不行？我只是不想让你去破坏素姬跟汉西，他们都不是小孩子了，知道自己在干什么，我们做哥哥姐姐的，就别去干扰他们了。"

"哼，我偏要管！"美姬公主仍然不依不饶的，但可以看出，她已没了刚才的火气。

汉斯王子说："以后我弟弟跟素姬在一起时，我就站在那里守着，不许你去破坏。"

美姬公主一扭身子，气呼呼地走了。

我没敢吭声，跟着美姬公主回去了。

我还担心美姬公主受了气，会把气撒在我身上，所以一路上都挺忐忑的，老是悄悄地看她脸色。没想到公主只是低头想事情，脸上还不时露出笑意。

到下一个周日时，美姬公主早早地派了雪莉出去打听："快去看看那两个坏蛋王子有没有来，素姬有没有去见汉西。妹妹的事，我管定了，今天一定要赶跑汉斯那坏蛋！"

看样子，美姬公主跟汉斯王子拗上劲了。

可是有一个怪现象，每当知道两位王子来了时，美姬公主就会特别挑剔我替她梳的发式，弄来弄去的，直到她满意为止。还有，她把参加宴会才戴的最漂亮的首饰都戴上了，一点不像是去跟汉斯王子吵架，倒像是去约会。

后来，我发现美姬公主越来越喜欢去找汉斯王子吵架了。只要雪莉报告两位王子来了，美姬公主就慌忙去照镜子，然后高高兴兴地出去，回来时，也是一脸笑意，那笑容，好甜蜜。

一天，雪莉悄悄跟我说："美姬公主老是跟汉斯王子吵嘴，吵的时间越来越长。而且，她可能不想让我去劝架吧，也不要我跟着去了。天哪，怎么办，我们要告诉国王和王后吗？我真怕他们有一天会打起来。"

我说："他们不会打架的，你别瞎操心了。"

雪莉不明白："为什么？"

我用手指狠狠地戳了她的脑瓜一下："笨蛋！美姬公主爱上汉斯王子了！"

"啊！"雪莉惊讶得眼珠子都快要掉出来了，"不可能，公主恨他还来不及呢！"

我说："不信拉倒！"

我没工夫跟这样笨的人解释。过了几天，雪莉神经兮兮地跑到我身边，一拍我的肩膀，说："芬丝，你真神了，美姬公主今天跟王后聊天时，说她爱上了汉斯大王子呢！王后很高兴，准备跟国王去乌隆国提亲呢！"

"嘿嘿！现在才知道我厉害？迟了点吧！"我得意地笑着。

我和雪莉都很开心，都以为宫里很快会办喜事了。

美姬公主一向很骄傲，之前王后给她介绍了很多王子王孙，她都看不上。现在难得她自己有了喜欢的人，而且又是友好国家的王子，国王和王后一定会趁热打铁。

几天后，国王和王后去了乌隆国。雪莉一大早来"八卦"给我听，说他们找阿力士国王谈儿女婚事去了。

本来传统上一般都是由男孩家向女孩家提亲的，但他们没考虑这些，竟然主动去找阿力士国王了。王子配公主，那是天造地设，加上阿力士国王和我们国王又是好朋友，这事是"钉子锈在木头里——铁定了"！

没想到，第二天，雪莉苦着脸来告诉我，公主的婚事吹了。原来汉斯王子已经有一个指腹为婚的未婚妻，她是邻国的一位公主，叫葛娅。

唉，我和雪莉都很为美姬公主难过。

当天晚上，我接到父亲去世的噩耗，便连夜请假回家去了。一个星期后，我办完父亲后事回到王宫时，才知道发生了大事——美姬公主竟然在半夜跳了公主河。第二天雪莉发现公主遗书，说是堂堂公主竟被人抛弃，不想活了……

我吓呆了，天哪，怎么会变成这样？我到处找雪莉，想从她那里打听更详细的情况，但是找不到她。后来有人告诉我，对美姬公主忠心耿耿的雪莉，已离开了王宫，去为公主守坟了。

　　因为美姬公主死了，我们这帮侍候的侍女也被遣散了，我没了工作，只好去姻缘石旁边摆了个卖汽水的小摊位。直到最近因为素姬公主的事两国开战，没了生意，我又失业了。幸好这里的总经理和我去世的父母是同乡，他替我在这里找了份打杂的工作……

第8章
公主河的秘密

没想到，这芬丝还挺有说故事的天分呢！

小岚三人都听得入了神，芬丝说完了，大家都还愣愣地看着她呢！

看来芬丝挺喜欢这种效果，她得意地笑了。

小岚叹了口气："像美姬公主这样生性高傲的女孩，碰上这样的事，一定痛不欲生。她选择自杀也是有可能的事。只不过，她是选择错了，这样去死，太不值得。"

晓晴扁扁嘴说："美姬公主好可怜啊！她想追求幸福，却落得这样的下场。"

晓星站起来，伸出拳头扬了扬，说："姐姐别担心，将来你追求自己的幸福时，我保护你，看谁敢欺负你，哼！"

晓晴说："我才不担心呢，我不会吊死在一棵树上的。"

芬丝站了起来，用钦佩的眼神看着晓星："哇，晓星神探好神勇啊！真不愧是我的偶像。来，抱抱！"

"啊，免了！"晓星吓得直往小岚身后躲。

"好啦好啦，你们别闹好不好！"小岚发起小脾气来了，"你们知不知道事态严重？今天了解到的全是坏消息！美姬公主真是因为汉斯王子而死的，素姬公主也是因为汉西王子而失踪的，表面证据都对乌隆国不利。就剩下明天了，明天再查不到新的情况，那两个国家又会打起来了！"

其他三个人见小岚生气，都乖乖地坐了下来。

芬丝唉声叹气地说："打起仗来，其实对谁都没有好处。不是有一句话叫玉石、玉石什么焚的吗？"

"玉石俱焚。"晓星提醒着。

"对，玉石俱焚！神探懂得真多。"芬丝钦佩地看着晓星，吓得晓星又缩到小岚背后，生怕她又有什么热情行为。

小岚想了想，说："我想去祭扫一下美姬公主的坟，还想见见那位守墓的忠心侍女雪莉。她跟随公主多年，说不定能提供新情况。芬丝，美姬公主的坟墓在哪里？"

芬丝回答说："我只知道在公主河边，但并不知道具体在什么地方。"

"公主河边？"小岚有点奇怪，"他们不是有个国家永远墓园吗？为什么美姬公主没有葬在那里？"

芬丝有点伤感地说："因为王室认为，自杀是一种不能被原谅的行为，所以多年前就订立规矩，自杀死亡的王族成员不能享有埋在国家墓园的权利。葬在公主河边，是美姬公主在遗书中为自己选择的。"

公主河的秘密

"公主葬在公主河边，好凄美！"晓晴说时，自己也一脸哀怨，大概她把自己代入进去了。

"是呀，美姬公主真惨！"芬丝叹着气，又问，"小岚公主，您打算什么时候去？"

小岚说："明天我要到乌隆国去了，只能今晚去。"

"不可以！"芬丝脸上露出恐惧，"不能晚上去，那里晚上常闹鬼呢！"

"闹鬼？"小岚很惊讶。

芬丝说："是呀！听说自从美姬公主死后，每到有月亮的晚上，都会有个女人在公主河边唱歌，那歌声很凄凉，很恐怖，令人毛骨悚然。"

晓晴害怕地说："小岚，我们别去了。"

晓星说："姐姐，这世界上只有一种鬼。"他一边说一边朝晓晴扮鬼脸。

晓晴忙问："什么鬼？"

晓星哈哈大笑："胆小鬼！"

晓晴生气地捶了他一拳："小坏蛋！"

晓星说："有人在河边唱歌有什么奇怪？可能是路过的人，也可能是那个侍女雪莉，她一个人看守坟墓有点害怕，所以唱歌给自己壮胆。"

芬丝摇头说："不，晓星神探你有所不知。自从美姬公主投河自尽之后，就没有人敢在晚上去公主河了。至于雪莉，她是个五音不全的人，根本不会唱歌。"

"竟有这样奇怪的事？"小岚兴奋地眨着眼睛，"芬丝，听你这么一说，我就更有兴趣晚上去一趟公主河了。"

芬丝面有难色："公主，这……"

小岚说："你不敢去？行，你告诉我怎么走，我自己去。"

晓星说："小岚姐姐，我跟你一块儿去！"

"怎么，你们真要去呀！"晓晴苦着脸，想了一会儿才硬着头皮说，"好吧，我们三个人是一块儿的，我就舍命陪你们去吧。"

晓星一拍胸口，说："姐姐，我保护你好了。什么衰鬼坏鬼傻鬼无用鬼讨厌鬼，统统打走！"

"小岚公主、晓星神探，你们太英勇了，太令我感动了。好，我现在就带你们去公主河。"芬丝一副准备赴汤蹈火的样子。

小岚吩咐说："你们记住，千万别跟其他人说我们今晚夜探公主河的事。如果让阿齐齐国王知道，他怕有危险，一定不许我们去，或者会派许多人跟着。那样我们就休想查到什么了。"

吃完晚饭，小岚和晓晴、晓星就十分张扬地回房间了，之后又在门口挂上了"请勿打扰"的牌子。侍者们都以为他们早早就睡下了，也就只是在走廊守候着，以准备贵宾们随时召唤。

等到天全黑了，小岚三人便从所住的二楼阳台上爬了下去，跟等候在转角处的芬丝会合，往公主河去了。

芬丝告诉小岚他们，公主河之所以得名，是因为有个传说故事：很久很久以前，一个公主因为丈夫战死了，她跑到河边，哭了三天三夜，最后跳河自尽。后来，人们就把她葬身的这条河称为公主河。

公主河，很美丽的名字呢！但由于它因一些悲惨的故事而起，又加上夜半歌声的鬼传闻，所以就令人有点悚然的感觉。

一行四人沿着河边一路走着。夜幕降临了，茫茫暮霭把公主河笼罩起来，这时候，此起彼伏的"呱呱呱"的声音弥漫在黑沉沉的河面上。

晓星大惊小怪地说："哇，谁在公主河上养了这么多鸭子？"

"鸭子？"晓晴说，"哪里有鸭子？"

晓星说："你没听见吗？呱呱呱，全在叫。"

晓晴说："笨蛋！那是青蛙叫。"

"你才笨蛋呢，明明是鸭子嘛！我去过动植物公园，那里的池塘上就有几只鸭子，它们叫起来就是这样的。"晓星胸有成竹的样子，还说，"小岚姐姐，芬丝，你们说是不是鸭子？"

谁知道，小岚直接答了一句："是青蛙！"

芬丝也一副帮理不帮亲的口吻："对不起晓星神探，确实是青蛙。"

"不，是鸭子。你们糊弄我！"晓星还死撑着。

"晓星先生，请看看！"小岚用手电筒照照河边。

隐约看见河边石头上蹲着三四只青蛙，它们正鼓起腮帮子，一下一下地叫着："呱呱呱，呱呱呱……"

"你们真是无聊透顶，竟在这里装鸭子！"晓星输了，脸上挂不住，便装模作样地指着那些青蛙，教训着。

"哈哈哈！"女孩们笑疯了。

"有人明明错了又死不认输！这些青蛙可真冤枉啊！"晓晴揶揄说。

"我没有错！是它们在这里学鸭子叫，骗了我！"晓星直着脖子不肯认输，"你们欺负我，不理你们了！"

晓星说完，自个儿在前头走着。

夜色越来越浓了，到处都看不到一点亮光，树叶发出"沙沙"的响声，有时像脚步声，有时又像低低的耳语。远

处有一只猫头鹰在叫唤，声音十分凄厉。猛地，又见到不远处成群的乌鸦飞起，发出"哇哇"的叫声，像看见了什么可怕的东西。

晓星不禁害怕起来，他慌忙折回，还紧紧地握住了小岚的手。

四个人一声不响地走着，周围太静，他们连自己的呼吸声都听得见。

"哎哟！"忽然，听到芬丝叫了一声。

其他人都吓了一跳，晓晴更是声音颤抖地问："什么事？什么事？"

黑暗中只知道芬丝蹲了下去，小岚忙问："怎么啦？"

芬丝带着哭腔说："脚扭了。好痛啊！"

小岚蹲下，用手电筒照了照："哪里痛？"

芬丝指了指脚踝。

小岚把手电筒交给晓星："你替我照着。"

小岚用手指轻轻压了压芬丝的脚踝，芬丝马上杀猪般喊了起来，似乎痛得很厉害。

晓晴本来就不想半夜三更去扫什么墓，一见芬丝扭伤脚就马上顺水推舟地说："那我们回去好了，没有她带路，我们也没法找到公主坟。"

"不行！我们都走了这么远的路，相信目的地不远了。再说，我们没时间了。"小岚想了想，又说，"这样吧。晓晴，你陪着芬丝留在这里。我和晓星去公主坟，回来时再接回你们。芬丝，你给指个方向，我们自己去找。"

晓晴说："不，就我跟她？要是黑暗中走出个什么可怕东西，怎么办？"

"没用鬼！"小岚骂了一句，"要不你跟我去公主坟，晓星留在这儿。要不你留下来照顾芬丝，晓星跟我去公主坟。请选择，我数三下，一……二……"

晓晴到底比较害怕去公主坟，赶紧说："好吧好吧，我留下就是。"

小岚和晓星继续向前走去，走了几十米远，还听到晓晴和芬丝拌嘴的声音：

"都是你，走路不带眼。忙帮不上，还连累别人！"

"什么呀，我也不想的。人家小岚公主和晓星神探都没怪我，就你最没同情心……"

小岚听了真有点哭笑不得："这些女孩子呀，就是小心眼！"

她倒忘了，她自己也是个女孩子。

第9章
夜半歌声

　　小岚和晓星按芬丝指的方向，继续往前走，幸亏这时月亮出来了，这让他们走起路来顺畅了点。大约走了十来分钟，晓星突然停下脚步："小岚姐姐，你听，好像有声音。"

　　小岚侧耳倾听，果然，从公主坟的方向，隐隐约约传来什么声音。那声音尖尖的，听起来有点刺耳，在这寂静的夜里显得十分怪异和诡秘。

　　莫非，这就是芬丝所说的，半夜鬼唱歌！

　　小岚捏紧了晓星的手，两人继续向前走。

　　声音越来越清楚，有人在唱歌，是个女人呢！她唱歌时用的是当地方言，所以听不清楚歌词，只是觉得调子十分哀怨，让人听起来有一种想落泪的感觉。

　　歌声突然中断，接着变成一阵令人毛骨悚然的哭泣。

　　"鬼哭！"晓星怕得直往小岚身上靠，连胆大包天的小岚，也都吓得心在"扑通扑通"地猛跳。

　　晓星问："小岚姐姐，还要继续向前走吗？"

　　小岚硬着头皮说："要！不入虎穴，焉得虎子。"

两人继续前行。

突然，两人猛地停了下来。他们看见，距离他们七八米远的草地上，站着一个身穿黑衣、披着黑色披风的人。

虽然看不见面容，但是从那身形和姿态，可以看出是一个女子。

小岚的心"扑通扑通"的，几乎要跳出胸腔。那身影应该就是刚才唱歌的女子！

那女子似乎也看见了小岚他们，她显然也很吃惊，只是愣愣地站着。

小岚大声问道："你是谁？"

晓星声音颤抖地问："你是人是鬼？"

突然，那女子一转身，拔腿就跑。

小岚心想，可不能让她跑了，于是拉了晓星一下，说："追！"

那女子跑得并不快，小岚边追边叫道："别走好吗？我们不是坏人。"

那女子犹豫了一下，大概觉得小岚和晓星两个孩子真的不像坏人，于是停了下来。她拉了拉披风，又把搭在背后的帽子拉上来扣在头上，好把自己遮得更严实一点，然后转过身来。

她整个人都被包裹在披风里，只露出了一双眼睛。那双

眼睛很大、很黑，充满了警惕。

小岚怕再吓跑她，便用亲切的声音对她说："姐姐，让你受惊了，真对不起！不过，我们并没有坏心眼。我叫小岚，他叫晓星，我们是游客，因为同情美姬公主的遭遇，特地连夜来公主坟凭吊一番。"

女子没吭声。

小岚又问："请问姐姐尊姓大名，为什么半夜里一个人待在这公主河边？"

女子沉默了好一会儿，才说："我是给美姬公主守坟的。"

由于她捂着脸，说话也有点瓮声瓮气的。

"啊，你就是雪莉？我听过你的事。公主去世后，你主动要求看守公主坟，你真是一个重情重义的人。"小岚十分高兴，"我有一个请求，能带我们去拜祭一下公主坟吗？"

雪莉没说话，只是往旁边挪了几步。

在她身后，有一个小小的、白色的坟墓。

小岚明白了，那就是埋葬美姬公主的地方。

小岚在四周采了一些鲜花，放在墓前，然后和晓星一起恭恭敬敬地鞠了三个躬。

小岚心里很是沉重。听芬丝说过，自杀的王室成员不能在国家墓园下葬，只能另择地方简单埋掉，但没想到会是这么随便。

唉，为什么要选择轻生呢？死绝对解决不了问题，反而令自己白白失去宝贵的生命。如今孤零零埋在这里，连个墓碑都没有，实在令人唏嘘。

小岚心里叹息一番，又跟雪莉说："谢谢你，忠心的雪莉。要不是你，我们就没法找到公主坟，没法向公主致意。"

雪莉说："其实我也要谢谢你们。你们是外国人，竟然对我们公主有这份心、这份情，我代表公主，向你们致谢。"

"姐姐别客气。"小岚说，"我很好奇，想知道你们两位公主的故事，还有乌隆国那两位王子，真是那么糟糕的人吗？"

雪莉好像不想接触这个话题，她说："夜深了，你们快回去吧！这里常有毒蛇出没，给它咬一口就麻烦了。"

正在这时，忽然听到有人大声喊道："谢天谢地，终于找到你们了！"

小岚一看，咦，竟是晓晴和芬丝。

"你们不好好待在那里，来干什么？"

"我们两个人留在那里，我害怕，芬丝也害怕，都怕得抱成一团了。后来芬丝的脚活动了一下，又能走了，我们就马上来找你们。"晓晴突然发现了雪莉，"咦，这是谁呀？"

芬丝突然尖叫起来："啊，是雪莉！是你，我认得这黑披风，这是美姬公主用过的。"

雪莉没吭声，只是用手拉拉帽子，把脸遮得更加严实。

"啊，真的是你！"芬丝激动地说，"自从公主去世以后，我就没见过你了，你好吗？"

雪莉好像不大愿意跟她说话，转身走了。

"雪莉，别走，别走！"芬丝追上去，可是她毕竟有脚伤，雪莉早走出十几步远了。

小岚正想追上去，忽然听得前边雪莉尖叫一声："蛇！"

小岚一听，马上俯身捡起一根粗大的树枝，猛奔过去。

"蛇在哪？"小岚举着树枝四处察看，却没看见。她回身来看雪莉，却见她坐在地上，浑身打战。

"你怎么样了？"小岚关切地问。

雪莉没说话，只是用颤抖的手指着脚踝。

小岚知道事情不妙，急忙替雪莉褪下袜子，又用手电筒一照。啊，只见她的脚踝向上一点的地方，有几个细细的深深的齿印，而齿印的四周，已经开始发黑和肿胀。

小岚喊了起来："糟糕，你被毒蛇咬了。"

刚赶到的晓星一听吓坏了，忙问："毒性厉害吗？有生命危险吗？还能治吗？"

这时芬丝和晓晴也赶到了。

芬丝一见雪莉被蛇咬，马上显得惊慌失措："我早前刚看过一本侦探小说，里面讲一个坏人放蛇害人。书里提到毒蛇的毒素会直接攻击人的神经系统及肌肉系统，还有可能导致呼吸系统障碍，最后使人痛苦地死去。"

芬丝越说越惊慌，竟号啕大哭起来："雪莉，你不能死啊！"

"芬丝，你住嘴！"小岚生气地喊了一声，"事情并没有那么糟糕，你再乱嚷嚷，妨碍救治，就真的治不了了！"

晓晴也对芬丝怒目而视："是呀，你别瞎闹腾。小岚懂急救，她自会处理。我们让开一点，让小岚做事。"

小岚对晓星说："你的腰带是不是有弹性的？"

晓星点点头："是呀！"

小岚说："那快解下来给我。"

"好！"晓星赶紧解下腰带，交给小岚。

小岚细心察看雪莉的伤口，然后把腰带缠在离伤口五六厘米处，再紧紧扎好。

晓星好奇地问："这样做有什么作用？"

"可以阻止静脉血和淋巴液回流。"小岚又问雪莉，

"你还觉得哪里不舒服？"

雪莉有气无力地说："头痛得厉害。啊，天哪，我的眼睛，眼睛看东西怎么这样模糊？"

小岚知道雪莉的情况颇为严重，得尽快将其送去医院。她蹲下身子，对雪莉说："来，我马上背你到最近的医院。"

"不，我不去！"雪莉顿时变得激动起来，她猛地推开了小岚。

小岚劝道："咬你的蛇毒性很强，你的伤口必须尽快得到处理。"

"我不去医院，死也不去！"雪莉显得十分执拗，说着说着竟哭起来了。

"好好，不去，不去医院！你千万别激动，那会让蛇毒加速散发的。你躺下，好好躺着。"小岚安慰着，扶着雪莉躺下，"好吧，你不愿意去医院，我也不勉强你，我来替你处理伤口吧！"

小岚让雪莉尽量躺得舒服些，然后捧起她的伤脚，把嘴巴凑上去。

"啊！不行！"大家都惊叫起来。小岚要替雪莉吸蛇毒呢！

小岚到底是金枝玉叶的公主啊，怎能做这样的事！弄不

好她也会中毒……

可是，小岚一点不理会他们的阻挠，已经开始去吸雪莉伤口的毒液了。

大家都睁大眼睛，大气都不敢出一下，紧张地看着小岚。雪莉不知道小岚是什么人，但见到一个萍水相逢的人，竟然不怕脏不怕危险为自己吸走毒液，感动得热泪盈眶。

一口，两口，三口……小岚不断地吸着，又一口一口地吐出发黑的血水，由于累，由于紧张，她的脸色变得苍白。

过了一会儿，小岚看看吸得差不多了，才停了下来。大家都眼睁睁地看着她，生怕她有什么事。

"喂，干吗全都傻乎乎地看着我。我没事，放心好了！"她又对雪莉说，"我去采点去肿消毒的草药，给你敷上，这样就万无一失了。"

雪莉一把拉住小岚，哭着说："谢谢你！"

小岚拍拍她的肩膀，说："别客气！好好躺着，我很快就回来。"

晓星赶忙说："小岚姐姐，我帮你！"便跟着小岚去了。

小岚很快在河边找到了草药，指点晓星去摘。晓星一边摘一边说："小岚姐姐，你真厉害，可以做医生了。"

小岚说："我只是从万卡那里学了点皮毛而已。"

晓星笑嘻嘻地说："原来是名师出高徒。万卡哥哥读医科时曾经拜中国一位著名老中医为师，医术了不起呢！小岚姐姐，不如你也收我为徒好了。"

"没问题，晓星小徒弟。来，快替我摘了这几棵草药。"

"是，师傅！"

第10章
她是谁？

小岚和晓星很快就采了一大把草药回来，小岚用手把草药揉烂，然后细心地敷在雪莉的伤口上。她对雪莉说："你脚上的毒液大部分都被吸出来了，现在再敷上草药，你会很快没事的。"

雪莉含着眼泪看着小岚忙碌地做着一切，说："小岚，我不知该说什么感激的话才好。"

"小岚公主，您真的令我感动。您可是个金枝玉叶的公主啊，竟然可以这样不顾危险去救雪莉。"芬丝眼泪汪汪的。

雪莉惊愕地问："怎么，我没听错吧？小岚是公主？"

芬丝说："是的，她是乌莎努尔公国的公主啊！"

"啊！你、你是乌莎努尔的公主？乌莎努尔，一个在世界上举足轻重的大国，这个国家的公主，是何等尊贵，但竟然肯为一个素不相识的人以身犯险，吸出毒液……"雪莉不敢相信，"芬丝，你别信口开河！"

芬丝委屈地说："我可是绝无半点谎言。"

小岚笑着说："芬丝没说谎，我确实是乌莎努尔的公主。不过，我觉得自己只是做了一件应该做的事罢了。作为一个公主，更应该以一颗善良的心，去爱人、去帮助天下百姓……"

这时候，晓星插嘴说："小岚姐姐，雪莉谢你是应该的，我都觉得你很伟大！不是每一位公主都跟你一样善良、一样为天下百姓着想的。就像美姬公主，就一点也没有为百姓着想。"

"这个小弟弟，你言重了吧！怎能这样说美姬公主呢？"雪莉好像对晓星的话有点不满。

晓星说："我一点没说错。因为公主的死，胡陶和乌隆两国的友好关系从此完了，现在还打起仗来……"

雪莉大惊："什么？打仗？"

晓晴睁大眼睛，诧异地说："雪莉，你好像生活在另一个世界。难道你不知道，阿齐齐国王已在几天前向乌隆国宣战了！"

雪莉大惊失色："真的？我一直深居简出，根本不知道发生了这样的事。"

芬丝说："雪莉，你真闭塞，这样大的事竟然不知道。双方枪战都有三天了，我们都挺担心的。我们真不想打仗啊！"

晓星说："幸亏我们小岚姐姐挺身而出，争取停战两天，在两国之间进行调停。希望在这两天里找到有利的线索，让两个国家和好。"

晓晴耸耸肩，说："不过，看来这回是白忙了一场，得到的全是坏消息。"

大家只顾讲，没注意到雪莉的神情越来越怪异。忽然，她用披风捂着脸，歇斯底里地哭了，一边哭，一边站了起来，朝公主河跑去。

大家都大眼瞪小眼，不知她想干什么。

小岚首先醒悟过来，她大喊一声："不好，她想跳河！"

啊，不会吧！她为什么要跳河呢？其他几个人都迷惘极了，呆呆地站着，竟忘了去追雪莉。

小岚已追了上去，就在雪莉纵身要往河里跳时，一把将她拉住了。

雪莉用力挣扎着："你别管我。我是一个不祥之人，活着毫无建树，死了也连累别人，你让我跳进公主河，一死以谢天下……"

小岚大声喊道："难道你还想逃避吗？难道你还要置百姓的生死于不顾，继续做一个不负责任的人吗？现在，能制止两国战争的人，就只有你美姬公主了！"

刚跑过来的晓星、晓晴听到了小岚的话，大吃一惊。美姬公主？小岚怎么了，竟然把雪莉称为美姬公主。美姬公主不是死了吗？

奇怪的是，雪莉停止了挣扎，呆呆地看着小岚。

一片死寂。好一会儿，雪莉慢慢地揭下了一直蒙在头上的帽子。

"雪莉，你为什么要跳河呀？你没事吧？"这时芬丝也一拐一拐地跑来了。突然，她惊叫起来，"你、你不是雪莉！你是……美姬公主！"

美姬没理会芬丝，她一把拉着小岚的手，说："小岚，我真的还能将功补过吗？我可以制止这场战争吗？"

小岚恳切地点点头，她挽着美姬的胳膊："来，美姬，我们坐下来好好谈谈。"

美姬顺从地跟着小岚，大家围成一圈，坐在草地上。

"美姬公主，您怎么没死？您怎么活了？坟墓中埋的是谁？"芬丝激动得语无伦次。

晓晴喜笑颜开："这下好了，美姬公主没死，那问题就好解决多了！"

晓星拍着手掌："哇，死而复生，真像小说里的情节！"

小岚用鼓励的眼神，看着身边的美姬。

"你说得很对，我不能再逃避了，我不能再任性了。"美姬公主含着眼泪，对小岚说，"但是，我不知道会弄成这样子的啊！我没有想到，父亲因为要报复乌隆国，竟然发动战争祸及百姓……"

小岚温柔地拉着她的手："我明白，你也不希望事情发展成这样。你把一切告诉我好吗？希望我能帮助你，帮助两国平息战火。"

美姬说："我自出生便是金枝玉叶的公主，父亲只有我和素姬两个女儿，我们集万千宠爱在一身。我好强，素姬温顺，所以整个王宫里，我向来说了一，没有人敢说二。我很骄傲，从来没有把任何一个男孩子放在眼里，在我眼中，他们都是些大笨蛋。素姬跟汉西谈恋爱，我当初坚决反对，因为我觉得他配不上素姬。跟汉斯的接触源于我想棒打鸳鸯，拆散妹妹跟汉西，而汉斯却是他们的守护神，为此，我们水火不容，常常吵得不可开交。"

晓星说："我知道了，有句话叫'不是冤家不聚头'，你一定是吵呀吵呀，慢慢就爱上汉斯王子了。"

"正是，我爱上他了。而汉斯也对我很好，我们在加丽湖边度过了许多快乐的时光。"美姬眼里流露出无限温情，"父母知道我的心事后，也很赞成我跟汉斯好，于是他们主动去向阿力士国王提亲。我一直以为，只要我喜欢，这事没有办不成的。谁知道，阿力士国王拒绝了这门亲事，因为汉斯王子已经有一个指腹为婚的未婚妻了。"

晓晴无限同情地看着美姬："这对一个骄傲的公主来讲，的确是一个巨大的打击。"

美姬说："是呀。这消息对我来讲，简直是一个晴天霹雳。自出娘胎，还从来没有我得不到的东西，从来没有人敢向我说'不'。我既恨汉斯欺骗了我的感情，又恨阿力士国王伤害了我的自尊心，一下子想不开，就一个人出走，跑到了公主河边。我想，我要以死来控诉汉斯，我要通过毁灭自己，去报复汉斯，让所有人跟我一样恨他，让他一生一世良心受责、不得安宁。我也要阿力士国王承受伤害我的后果，因为我国现代科技远比他们发达，他们许多发展项目，都要靠我们技术上的支援，我要让他们知道，伤害我要付出沉重代价。于是，我狠狠心就跳进了公主河。"

"啊！"芬丝尖叫一声，惊慌地看着美姬，"原来你真的跳了河，那你……你是人是鬼？"

小岚说："别打岔，好好的一个人坐在你面前，还鬼啊鬼的，迷信！美姬，你继续说。"

"当我快要沉入水底时，有个人跳进河里救了我，她就是雪莉。雪莉把我背到一间弃置的守林人的小木屋里，日夜守着我，劝我不要轻生。雪莉让我很感动，我不再寻死了，但是，我对一切都已心灰意冷，我不愿意再见任何人，只想一个人静静地生活，静静地走过余生。于是，我写了一封遗书，让雪莉交给父亲，又让雪莉充当目击证人，说亲眼见我投了河。然后，我叫雪莉提出守坟的要求，这样，我和雪莉就可以住在这人迹罕至的森林里，靠宫中定时送来给雪莉的食物和日用品活下去。我就这样过着与世隔绝的生活，我努力去淡忘一切，让时间去磨平我的痛苦。雪莉一直陪伴着我，不时给我带来外面的消息。一个星期前，雪莉乡下的母亲病重，雪莉回去看她了，我一个人不敢到处走，所以，外面发生了什么事都不知道，更不知道原来父亲向乌隆国发动了战争。"

小岚说："其实，你父亲发动战争，不单是因为你，有一半是因为你妹妹素姬。"

美姬大惊："素姬？素姬怎么啦？"

"她几天前失踪了。"

"啊！天哪，为什么？"

小岚把几天来听到的有关素姬的事，告诉了美姬。

美姬伤心地说："都是我不好，要不是因为我，父亲就不会阻挠她和汉西谈恋爱，他们会很幸福的。"

小岚问道："你对素姬失踪的事怎么看？她现在会躲在哪里？你是她姐姐，你一定很了解她。"

"这事我有点困惑，因为不像妹妹平日所为。阿力士国王说发现了素姬约汉西离家出走的电邮，我觉得更不可信。因为她从来都是个乖女孩，她绝对不会主动约汉西王子离家出走的。即使她为了追求爱情，真的离家出走了，以她一向善良的性格，当知道父亲因为我们姐妹俩的事向乌隆国开战时，也一定会出来阻止……"美姬说到这里，突然想到了什么，脸色一变，"天哪，莫非她出了什么意外？！"

小岚一怔，美姬竟也猜想素姬出了事，但她还是安慰美姬说："别担心，她不会有事的。或者她跟你一样，因为什么原因并不知道外面发生了什么事。我还有一天时间，我会继续查探素姬的消息的。"

美姬忧心地说："那就拜托你了，小岚。你问素姬会躲在哪里，说实话我也不知道。她自小在宫里长大，我们的亲戚全在宫里住，她要找地方落脚，那只能是旅馆酒店。"

"别担心。据我所知，出事以后，你父亲虽然和阿力士国王开战，但也同时在全国范围内寻找你妹妹他们，只要他们还在国内，早晚会找到的。"小岚拉着美姬的手，恳切地说，"美姬，你父亲见到你还活在世上，一定很高兴。你愿意跟我一块儿去见阿齐齐国王吗？"

"这……"美姬低头不说话。

真没想到，美姬在这紧要关头又犹豫起来了。

"我……"美姬说，"我已经习惯了现在的生活，不想再见任何人。小岚，你还是想办法找到我妹妹吧，这样，没有我的出现，父亲也会停火的。"

"哎呀，美姬公主你不能这么自私的。"晓晴急得顿脚，"还剩下一天时间，万一找不到素姬公主，那我们就没法制止战争了……"

"美姬姐姐，你还恨汉斯王子？还想继续惩罚他？"小岚看着美姬。

"其实，这些日子我都想通了，我不想再恨任何人。"美姬轻轻叹了口气，她小声说，"就让汉斯以为我死了吧！时间会冲淡一切，他慢慢会忘掉这件事的。要是他知道我还活着，他跟葛娅公主是不会有幸福的。我一个人痛苦，总比三个人痛苦好。"

小岚叹息着说："美姬姐姐，没想到你还这么为汉斯王子着想！"

美姬又说："这样吧，明天下午我在姻缘石那儿等你，要是你仍然没有素姬的线索，我会考虑跟你去见父亲。但是，在这之前，你们不能透露我活着的事。"

小岚说："好，我答应你。那明天下午我去姻缘石那儿找你，不见不散！"

第11章
两封电邮的疑惑

　　小岚等人回到国宾馆时，已经是第二天早上。还没来得及休息一会儿，阿力士国王就来接他们去乌隆国了。他们被安排在国宾馆的总统套房。

　　乌隆国的总统套房跟别国的大同小异，非常豪华，美轮美奂，尽量向入住的元首们展示本国的经济实力和建筑艺术的高超。一向对什么都好奇的晓星没有大惊小怪，也许自从小岚成了公主以后，他跟随着，已经在不同国家住过各种各样的总统套房，就不再感到新鲜了。

　　小岚对阿力士国王说："对不起，我们昨天因为查案，一夜没睡，现在得休息一会儿。麻烦您安排一下，我想上午十点见见汉斯王子。"

　　阿力士国王说："行！我叫他来找你就是。"

　　小岚说："谢谢您！"

　　阿力士国王有点惭愧地说："你一个局外人，如此热心来帮我们，真令人感动。那天的调停会，我实在太冲动了，真对不起！"

　　小岚赶紧说："没关系，我理解！"

"你小小年纪还蛮懂事的呢！可惜我那两个儿子，尽干蠢事，老给我找麻烦！要是我有你这么一个懂事的女儿就好了。"阿力士国王叹了口气，说，"那你们休息吧，我让人九点四十分来喊你们起床。汉斯十点会准时到。"

"谢谢国王陛下。再见！"

阿力士国王走了以后，小岚一转身，只看见一脸疲态的晓晴，晓星早已不见人影了。

听到最靠近客厅的一个房间传出鼾声，小岚推开房门一看，哇，原来是晓星！他躺在床上，已呼呼入睡。

两个姐姐直摇头。身上这么脏都可以睡得安宁，只有这些傻傻的小男生才干得出来。

小岚对晓晴说："你快去洗个澡，然后休息吧。"

"好！"晓晴打了个哈欠，她又叮嘱小岚说，"等会儿一定要叫醒我呀！我也要见见汉斯王子，看看这位令美姬这样伤心的人长得怎么样。"

她走了几步，又回头说："记住啊！"

"好啦好啦！"小岚不耐烦地瞪了她一眼，"真八卦！"

小岚因为心里有事，没等Morning Call，她的生物钟就起了作用，九点三十五分就醒来了。

还有二十几分钟就要见汉斯王子，自己洗把脸换件衣服就行，晓星一向做事快捷，就晓晴最麻烦，梳妆打扮要费不少时间，所以小岚首先去叫她。

"喂，起床啦！"小岚拍拍晓晴的肩膀。

"别烦我，困死啦！"晓晴哼了两声，一把推开小岚，一转身又睡了。

小岚鼻子哼了哼："看不到帅哥，可别怨我呀！"

小岚又去叫晓星。那家伙更离谱，小岚叫了几声，他连点反应都没有，仍旧呼呼地睡得很香。

小岚想："他们也太累了，让他们睡个够吧！反正，自己一个人见汉斯王子就行了。"

她迅速梳洗了一下，又换了衣服，刚在会客室坐下，有人来报，汉斯王子来了。

"有请！"她说。

汉斯王子进来了。他年约二十一二岁，身材魁梧，走路时腰板挺得很直，很有点军人风范。他长得颇为英俊，只是那双眼睛有点忧郁。

这眼神，小岚在美姬眼里见过。

外表给人印象不错，挺正派的。他真的欺骗了美姬公主的感情吗，还是另有隐情？

他为什么忧郁？因为对美姬的内疚？因为他间接引起了这场战争？

汉斯王子坐到了小岚对面的沙发上，他坐的时候也腰板挺直，真像个标准的军人。

"你当过兵？"小岚好奇地问。

"是的，我大学毕业后，父亲让我去当了两年兵。今年刚退役。"

"哇，我最崇拜军人了。敬礼！"小岚站起来，调皮地朝汉斯敬了个军礼。

汉斯的脸上绽开了笑容。他慌忙站起来，给小岚回了个很标准的军礼："谢谢！我也以自己当过兵为荣！"

"我也很想去当兵，吵了几次，万卡国王都没答应，真气人！"小岚很遗憾地说，"为了过一下当兵的瘾，我只好每逢放假就去练射击，或者打野战、玩越野追踪。我是玩追踪的高手，谁也躲不过我的火眼金睛、逃不出我的五指山！我打枪还很准呢，有一次，我打十发子弹，竟拿了八个十环！"

小岚说得眉飞色舞。

汉斯听了很兴奋："真巧，我放假时也常去练枪和打野战呢！我打得也不错，等以后有空，我们去比赛比赛。"

小岚高兴地和汉斯一击掌："太好了。我们一言为定！"

小岚又说："我可以叫你汉斯大哥吗？"

"当然可以。"汉斯王子打心眼里喜欢这个可爱又爽朗

的小妹妹。

小岚真诚地说："汉斯大哥，你能给我详细说说汉西王子跟素姬公主的事吗？"

"当然可以！"汉斯王子毫不犹豫地说，"汉西跟素姬相爱，已经很久了，谁都觉得他们是天造地设的一双。只可惜，自从美姬出事后，胡陶国便和我们断绝了外交关系，阿齐齐国王再也不允许素姬跟汉西继续来往。我父亲很生气，也严厉地制止弟弟再找素姬公主。父亲为杜绝弟弟偷偷跟素姬约会，还给边境关卡下了命令，不许汉西出境，所以，他们只能利用电子邮件或msn每天交谈。前几天，即五月十五日，晚饭时不见了汉西，听守卫说，他一早出宫去了，一直没回来。我们正在着急，阿齐齐国王就打电话找我父亲了。他在电话里把我父亲痛骂了一顿，说素姬一大早出去就再没有回去。后来，他们在素姬的电子邮箱里发现了汉西的信，信中说汉西约素姬在姻缘石见面，并要素姬跟他一块儿离家出走。阿齐齐国王说我弟弟拐走了他女儿，说如果我们不交人，就要攻打我国。我父亲也不客气，两个人在电话里唇枪舌剑，对骂起来，最后以我父亲摔了话筒告终。听阿齐齐国王说要攻打我们，我还以为他只是吓唬一下，没想到，第二天他就调动军队，在边境向我国开枪扫射……"

小岚问："阿齐齐国王说汉西王子拐走了素姬公主，你怎么看？"

汉斯说："这肯定不是事实。在汉西的电子邮箱里，我们发现了素姬公主写给汉西的信，里面内容是约汉西在十五号那天，在姻缘石见面，之后一块儿出走的。"

小岚说："难道是阿齐齐国王说谎？"

汉斯说："这个我不好说。但请你相信我，素姬的确写了一封信给汉西，主动约汉西跟她一块儿逃走。汉西失踪后，我们让计算机专家破解了他的计算机密码，进入他的电子邮箱，那封信，我是亲眼看到的。"

"汉斯大哥，我相信你！"小岚真诚地看着汉斯，"但是，如果你没说谎，那说谎的就是阿齐齐国王了。"

汉斯想了想，说："但是，以我对阿齐齐国王一向的了解，他又不大像那种会捏造事实的人。"

"如果你们两国都没有说谎，那就是说，这两封邮件都的确出现在汉西和素姬的电子邮箱里。要真是这样的话，你不觉得奇怪吗？他们竟会同时写信给对方，提出同样的要求？"小岚说。

汉斯露出困惑的神情："也许……也许是他们心有灵犀吧。"

小岚皱着眉头说："这两封电邮的危害也太大了。它的出现，让汉西王子和素姬公主失踪了，令阿齐齐国王认定是

汉西王子拐走了他的女儿，又令阿力士国王觉得阿齐齐国王颠倒黑白、混淆是非。我总觉得……"

小岚没再说下去。她想了想，又问："这几天，汉西王子一直没有跟你们联络过吗？"

汉斯王子摇摇头："没有，连电话都没有。父亲已下密令，让各省市的警卫厅派出人手寻找他，但暂时还没找到。"

小岚问："他们会不会躲到国外去了？"

"不会。我们查过，并没有汉西的出境记录。"汉斯叹了口气说，"我也不明白弟弟究竟怎么想的，即使和公主出走，也应该给我们打电话报平安啊！而且，现在出了这么大的事，他也应该带公主回来，帮助平息这件事呀！"

小岚说："只有一个原因会这样，就是他们被什么人控制住了，想做也做不了。"

汉斯摇头说："不会呀！乌隆国和胡陶国的所有国民，都希望安居乐业，有谁会故意这样做，弄得烽烟四起呢？"

小岚突然想起了什么："啊，我记起来了，我听当地人提过，在十五号，即汉西王子和素姬公主失踪那天，云顶山上发生过山火，他们会不会遇到了什么危险？"

汉斯说："不会。我们查过，那只是一场很小很小的山火，很快就扑灭了，并没有造成伤亡。"

小岚说："汉斯大哥，谢谢你提供的情况。我可以问一些有关你个人的问题吗？"

"可以。"汉斯爽快地回答。

小岚凝视着他，问道："你觉得对不起美姬公主吗？"

"有！"汉斯王子毫不犹豫地回答，"我辜负了她。"

小岚又问："我觉得你不像是那种不负责任的人，但你为什么自己已有未婚妻，还和美姬公主要好呢？"

"唉……"汉斯王子长叹一声，"信不信由你，其实我并不知道美姬公主喜欢我。她是个骄傲的公主，她以自己那种独特的方式表示自己的爱。她老和我争吵，我们一见面就吵得不可开交，为了她妹妹和汉西谈恋爱的事，为了对某件事的看法，甚至为了些鸡毛蒜皮的事，她都和我吵一通。所以，我只把她当作一个固执的、可爱的、对我抱有很深成见的妹妹。直到阿齐齐国王夫妇来向我父亲提出两家结亲的事，我才知道这个骄傲的公主爱上我了。"

小岚想，这真是不折不扣的"不是冤家不聚头"了。

汉斯王子把忧郁的目光投向窗外："我并不想伤害她，但实际上又的确伤害了她。她这样一个骄傲的女孩，竟然被拒绝，那种打击可想而知。"

小岚好奇地问："那请问一下，你到底爱不爱美姬公主？"

"我不想瞒你，我爱她。"汉斯王子眼里的忧郁更加浓重，"不知为什么，她越跟我吵，越刁蛮，我就越喜欢她。其实我很想请父母去向她提亲，只是因为碍于老一辈承诺的婚事，我不可以这样做，也没法这样做。只是没想到她父母主动来提亲，而我那个心直口快的父亲，又一口拒绝，把她伤得那么重，令她不想活在世上。"

小岚又问："那你爱那位葛娅公主吗？"

汉斯王子显得十分无奈："我跟她总共见过两次面，每次都是客客气气的，别说是爱情，连友情都谈不上。我都不知道怎么跟她过一辈子。"

"你跟你父亲谈过吗？阿力士国王是一个很通情达理的人哪！"

"可他这个人最重情义，最讲信用呢！他答应过的事，是绝不会食言的。"

小岚同情地看着汉斯王子，心想指腹为婚，父母之命，而不管当事人是否真正相爱，这太不公平了！

美姬和汉斯显然互相爱着对方，得想法帮助他们。

"汉斯大哥，如果美姬没死，你会怎么做？"

"我会去求她原谅，恳求她好好活下去，说服她接受别的男孩子。直到她找到了自己的幸福，我才考虑自己的婚事。"

"汉斯大哥，你真是个有情有义的人，怪不得美姬公主会爱上你。"小岚对汉斯说，"命运之神也许会给你一个理想结局的。"

汉斯眼里又出现了刚见面时的那种忧郁："谢谢你安慰我。但是，不会有理想结局了。"

"汉斯大哥，这世界有奇迹的。相信我。"小岚朝汉斯伸出手，说，"谢谢你跟我说了心里话。我下午还约了人，再见。"

汉斯看了看手表，说："都中午了，我请你吃饭，怎么样？"

小岚这才觉得肚子咕咕作响，想想早上连早饭都没吃呢，于是笑着说："好啊！不过，我得叫上我两个朋友。"

"行！"汉斯说，"我叫人去请他们。"

汉斯刚想打电话，有人敲门。

汉斯大声说："进来！"

门一开，原来是晓星。

"哇，小岚姐姐，你怎么不叫醒我呀！真是！咦，这位哥哥是谁呀？我猜猜，一定是汉斯王子。"

汉斯点头微笑："我正是汉斯。请问你是……"

晓星向汉斯伸出手："你好，我是小岚姐姐的好朋友，我叫晓星。"

汉斯说："我听父亲提过。跟小岚一块儿来的，还有一男一女两个可爱的孩子……"

"对，我就是那个可爱的男孩。"晓星高兴得咧开嘴笑。

"不害臊！"小岚哭笑不得，"你姐姐呢？快叫上她，我们吃饭去。"

晓星一听高兴得大叫："吃饭？哎呀太好了，我正饿得前胸贴着后背呢！"

小岚说："瞧你那个馋样，快去叫晓晴。"

晓星说："嘿，你就别管她了。刚才我用小草去搔她的鼻孔，都没能弄醒她。"

小岚想想算了，晓晴平日娇滴滴的，昨晚熬了一夜，也太累了，让她睡好了。

吃完饭后，小岚问汉斯要了一部车，自己开着，和晓星一块儿上姻缘石去了。

"素姬找不到，现在就看美姬能不能说服阿齐齐国王了。只要阿齐齐国王肯停战，就算停一个星期也好，那我就有更多时间去寻找素姬和汉西的下落了……"

小岚一边开车，一边跟晓星说着。

第12章
喊贼捉贼

小岚和晓星到达姻缘石时，美姬还没到。

姻缘石前比昨天多了些人，大约有六七个，都是些青年男女。他们有的一个人在诚心地祈祷着，有的成双成对、手拉手对着姻缘石海誓山盟。

咦，卖饮品的小摊位也重开了，卖东西的是一位老伯伯。

小岚走过去，买了一瓶矿泉水，又跟老伯伯搭讪："伯伯，生意好吗？"

老伯伯说："还不错啊！刚刚就有两个男人来买了三十罐啤酒。"

两个男人？买啤酒？小岚愣了愣。芬丝曾经说过，十五号那天，有两个男人也来向她买了很多啤酒。

"伯伯，那两个人呢？走了多久？"小岚紧张地问。

老伯伯指指不远处："还没走，在树下坐着呢！"

小岚看过去，见有两个男人坐在树下休息。那两人一个秃头，一个长着长头发。

小岚的心兴奋得"扑通扑通"乱跳。芬丝讲过，向她买啤酒的男人也是一个光头，一个长头发。

这就是十五号那天出现过的男人！

来这里的人大多是对爱情充满憧憬的年轻男女，这两个大男人，一次又一次地来这里干什么？还每次都买这么多啤酒？

一定有古怪！

这时候，那两个男人站起来了，一人提起一袋啤酒，往云顶山上走去。

小岚急忙找了块石头，在地上画了个箭嘴，箭头指着那两个男人走的方向，然后拉拉晓星："跟着那两个男人。"

"他们偷了东西？"晓星见那两人都提着一袋东西，便自作聪明地问。

"不是！我怀疑他们跟小公主失踪的事有关。"

"啊！"晓星两眼瞪得大大的，盯着那两个男人，"那我们快跟着！"

"小岚。"这时候，有人在他们身后轻轻唤了一声，是美姬来了。她仍旧披着那件连帽子的黑色披风，把身子和脸遮得严严实实的。

"美姬，跟我们走！"小岚拉着莫名其妙的美姬，匆匆跟在那两个男人后面，一边走一边讲了自己的怀疑。

美姬听了十分紧张："我同意你的看法，那两个人的确值得怀疑。"

三个人轻手轻脚地走着，两眼警惕地盯着前面那两个人。

两个男人离开姻缘石后，便拐上了一条山路。小岚每到一个转弯处，都在树上或地上画上箭头。

山路上没有一个行人。小岚怕被那两人发现，所以不敢跟得太靠近。幸好那两个人一路走一路喝啤酒，喝得有几分醉意了，所以一点没留意到后面有人跟着。

那两人喝了酒，话多了起来。

"真没劲！天天吃罐头喝山泉水，吃得要反胃。幸亏长毛你懂门路，隔天就带我来这里买啤酒。猫在山洞里的日子真难熬啊！"

那个叫长毛的说："唉，这种日子都不知什么时候才结束。原来说把那一男一女两个年轻人绑架了，让他们的国家打个你死我活，我们就可以完成任务了。谁知道，人家只打了几天，就停了，不知还打不打。要是他们这么一直停战，那我们是不是要看守那两个人一辈子。光头，我们可真倒霉啊！"

光头说："不会等很久的。我听大姐大说，要是胡陶国和乌隆国不再打起来，就把他们的公主和王子杀了，给他们点厉害看。"

长毛说："啊！这样也太残忍了吧！他们还这么年轻，才二十上下吧。"

　　光头说："这叫父债子偿。谁叫早前他们的父亲抓了我们的兄弟，破坏了我们的组织。"

　　美姬听了吓得面无人色："天哪，他们说的肯定是素姬和汉西！他们要杀人灭口，怎么办？怎么办？"

　　小岚想起，早前她从新闻报道中看到一则消息，阿齐齐国王和阿力士国王联手破获了一个国际性的恐怖分子组织，把他们中的大部分人绳之以法。一定是他们怀恨在心，设计绑架素姬和汉西，想挑起两国仇恨，让他们自相残杀。

　　她把自己的怀疑说了，美姬点头说："打击恐怖分子的事我也知道，没想到这些匪徒想出这样的毒计，破坏两国关系，借刀杀人。"

　　晓星不禁握紧拳头："他们这一招真狠啊！姐姐，我们一人打一个，把那两个醉鬼打翻，救回公主和王子。"

　　小岚说："别轻举妄动！你没看见他们都长得比我们高出一个头吗？我们只能跟踪他们，等找到他们的藏人地点，就打电话通知阿力士国王和阿齐齐国王。"

　　美姬表示赞成："小岚说得对，我们不能打草惊蛇，那样素姬和汉西会有危险！"

　　正说着，忽然，美姬的披风下摆被地上什么钩住了，她蹲了下去，但扯来扯去都扯不掉。晓星想过去帮她，却不小心一脚踢在一个大树桩上，他忍不住"哎哟"喊了一声。

小岚心里想：这回坏了。

果然，那两个男人听到晓星的叫喊了，他们回过身来，看见了小岚和晓星。

长毛喊道："光……头，那里有两个人！"

光头马上举起枪，恶狠狠地说："你们……是谁？乖乖地走……过来！要不……我……我要开枪了！"

他们讲话都不利索，分明是喝多了。但是，可不能小看他们，因为他们手里都拿着枪。

小岚急中生智，小声对还蹲在地上的美姬说："别起来，尽量躲着。想办法回去报信！"

她从口袋里掏出了几张纸币，高举着向那两人走去，又扮出一副天真样子："叔叔，你们刚才买啤酒，忘了拿回找的钱了。"

晓星十分机灵，也跟着走过去："是呀，我们是诚实孩子，来还你们钱的。"

那两个人瞪大眼睛，长毛眼里露出贪婪的光："啊，有钱，钱！好啊，钱给我，给我。我们忘了拿钱吗？对，是忘了拿钱。"

光头一手拿了小岚手里的钱，塞进自己口袋里："这钱

是我的！"

长毛问："这两个孩子怎……怎么处理？"

光头说："不……不能让他们跟着我们，把他们绑在树上吧。"

长毛附和说："好……好，绑在树上。喂蚊子，喂……老鼠……喂……嘻嘻！"

要是真让他们绑在树上，那就糟了。小岚朝晓星使了个眼色，说："快跑！"

谁知道，刚跑了几步，就让那两个男人一人抓一个，死死抓住了。

"哈哈……哈哈，你们想跑，跑不掉的！"光头和长毛怪笑着。

小岚和晓星正着急，听到附近有人走过的声音。

晓星大叫起来："救命啊！快来救我们啊！"

脚步声转向他们。见到了，那是一男一女。

小岚也喊了起来："快来抓住这两个绑匪！"

长毛和光头一见有人来，吓呆了。小岚乘机挣脱，又一把抓住长毛的手，说："我抓住绑匪了，快来帮忙。"

晓星也搂住光头的腰，说："抓坏蛋！快抓住他们。"

可是这时候，一件令小岚一辈子感到颜面无光的事发生了。

来的两人中，女的很年轻，二十来岁模样，另一个是三四十岁的中年男人。那女的对那中年男人说："去，去抓住他们。"

小岚和晓星十分高兴，心想这回真是峰回路转啊！没想到，那个中年男人走过来，一手抓一个，像老鹰抓小鸡似的，把小岚和晓星牢牢抓住了。

晓星挣扎着，嚷道："喂，你们弄错了，他们才是坏蛋啊！"

那两个人，不，是四个人，竟然一起哈哈大笑起来。

晓星丈八金刚摸不着头脑，不知怎么回事。

小岚气得一顿脚："你还不明白吗？他们是一伙的！"

"啊！"晓星目瞪口呆。

"大姐大，怎么处置他们？"那几个人中的一个问那女子。

大姐大？小岚不禁上下打量那女子。看她浓眉大眼、鼻大口阔，头发又多又乱，就像顶着一个鸟窝在头顶。真是坏人也有坏人的样，只是没想到她竟是这帮人的头领。

大姐大不怀好意地盯着小岚和晓星，说："他们刚才喊叫捉绑匪，一定是知道了些什么。不能放他们走，带回去！"

小岚和晓星被迫跟着他们走了。

一路走，他们都窝着一肚子气：怎会这么蠢，竟然向贼求救。尤其是聪明一世的小岚，更是气得头顶冒烟。

晓星噘着嘴说："人家说'贼喊捉贼'，没想到我们现在却'喊贼捉贼'。"

小岚怒气冲冲地说："这件事不许跟任何人讲，听到没有。"

晓星说："这么丢人的事，打死我也不讲。"

小岚想：幸好美姬没有落入魔掌，她一定会马上下山去搬救兵的。

走了大约十分钟的路，领头的那个中年男人在一处长满攀爬植物的峭壁前站住了，他伸手撩开垂挂着的茂密的常春藤，啊，真没想到，后面竟是一个山洞。

不知底细的人，根本不会想到那些常春藤后面有个山洞呢！

小岚担心地想，即使救兵上山，也很难找到这地方呢！看来还得想办法自救。

"进去！"光头朝晓星和小岚吆喝着。

晓星嘟哝着："这么大声干吗，我们又不是聋子！"

山洞里光线很暗，光靠着隔几十步放一支蜡烛照明，所以只是依稀看到脚下的路。幸好地面十分平坦，小岚他们走起来也不算困难。

走了五六米远，眼前出现了两条路。大姐大指着左边的路，吩咐长毛和光头说："你们押这两个孩子到那边囚室去，跟公主和王子关在一起。小心点，别让他们跑了。"

长毛嘀嘀咕咕地说："侍候那两个已经够了，还要加两个……"

"废话少说！只要我们再坚持几天就行了。只要公主继续失踪，那两个蠢国王就一定会再打起来，而且会打得更猛烈，更不留情……"大姐大狂笑起来，"哈哈哈，那样，我们就可以坐山观虎斗，不费一兵一卒，就报了仇。"

光头马上应道："对，让他们打到残废，打到亡国……"

长毛也跟着咋呼："对啊对啊，打到他们断手断脚，打到他们鼻青脸肿，打到他们头上长暗疮……"

"嘻嘻……"小岚和晓星忍不住捂住嘴笑。

大姐大瞪了他们一眼："还笑，等我们成功之后，就炮制你们。哼！"说完朝右边那条路走去。

第13章
山顶洞人

长毛和光头押着小岚和晓星往山洞里走。晓星心有不甘，气呼呼地对小岚说："真倒霉，没想到我们竟然成了囚犯了！"

小岚说："什么囚犯？我们只是做了'山顶洞人'而已。这里冬暖夏凉，不错啊！"

晓星一听笑了："山顶洞人？嘻嘻！"

他一边笑，一边学着猿人的走路姿态，嘴里还发出些稀奇古怪的声音。

小岚捶了晓星一下，笑骂道："山顶洞人不是古代猿人，他们外貌已经跟现代黄种人一样了。"

"噢！"晓星又手舞足蹈的，学着原始部落人们的跳舞姿势。

长毛和光头张大嘴巴，傻呵呵地看着小岚和晓星，不知道这两个孩子在乐些什么。

接下来的一段路点了较多蜡烛，这让周围稍微亮了一点。小岚注意到，原来山洞内壁用水泥抹过，颇为光滑，两旁还有好些房间，只是房门都紧闭着，里面静悄悄的，不像有人住着。

小岚心内暗暗奇怪：绑匪怎么会有这样一个颇具规模的巢穴？要开辟这么个山洞，里面还做了装修，得费多少人力物力啊！按理绑匪是不可能做到的。况且，绑匪都是些见不得光的人，他们要开辟这么一个地方，又要炸石又要掘土，会很惹人注目的。

小岚想着，不觉已走到山洞尽头，见那里用铁栏杆围了起来，建了间小囚室。

囚室门口有个男人守着，那人不满地嚷道："又来两个！什么时候才有个完！"

光头说："这话可别在大姐大面前说。"

"当然啦，得罪了这个女魔头，十个脑袋都不够掉！"那男人又对长毛说，"记得晚上七点来接班呀！"

长毛说："得啦得啦！"

囚室里点了两支蜡烛，影影绰绰的见到有两个人影在晃动。

长毛掏出钥匙打开铁锁，又"哐"一声推开铁门，光头恶狠狠地把小岚和晓星推了进去。

小岚和晓星适应了囚室内的光线后，看见了角落里的两个人。那是一男一女两个年轻人，他们互相依偎着，正警惕地看着小岚和晓星。

　　小岚走了过去，友善地问道："请问，是素姬公主和汉西王子吗？"

　　两个年轻人显得很吃惊。那男的马上问道："你怎么知道我们名字？你们是谁？"

　　没等小岚说话，晓星就抢着说："我们是山顶洞人！"

　　"山顶洞人？！"对方露出莫名其妙的样子。

　　"小坏蛋！"小岚敲了晓星脑袋一下，又笑着对素姬和汉西说，"他是个神经病，别理他。"

　　小岚拉着素姬和汉西，在离看守远点的地方坐下。晓星也跟过来了，四个人围成一圈。

　　"我是乌莎努尔公国的公主马小岚，你们叫我小岚好了。"小岚又指着晓星说，"他是晓星，是我的超级好友。"

　　素姬和汉西很吃惊，素姬困惑地说："这帮坏蛋怎么把你们也抓来了？他们抓我们，是为了引起胡陶国和乌隆国的矛盾。他们抓乌莎努尔的公主干什么呢？"

　　晓星说："就因为我们小岚姐姐要粉碎他们的阴谋，令你们两国化干戈为玉帛嘛！"

　　汉西说："我们越听越糊涂了，快告诉我们是怎么回事！"

　　晓星就一五一十地，把他们如何误闯战场，如何在两国之间斡旋，如何找到美姬公主，又如何因为跟踪光头和长毛，不小心被抓住，像说故事一样，足足讲了半个多小时。

素姬听到姐姐美姬没死，激动得哭了起来，她拉着小岚的手，连声说："谢谢你，太谢谢你了！要不是你帮忙，我姐姐可能就一直这样'死'了呢！"

她又担心地说："不知道姐姐现在怎么样了，希望她平安下山，通知父亲来救我们。"

"小岚，谢谢你拔刀相助，解我们两国之危，你真了不起。"汉西很感动，然后他又焦急地说，"但现在连累了你，真过意不去。"

晓星说："哥哥姐姐，你们连累的不止我们，你们还连累了两个国家的国民呢！你们没看见，打仗的时候多可怕，子弹像下雨一样……"

素姬低下头，汉西内疚地说："唉，我们的确难辞其咎。"

素姬说："其实，我们也是上了匪徒的当。"

小岚说："你们两个究竟发生了什么事？"

汉西说："其实整件事都是恐怖分子搞的鬼。他们不知用什么方法入侵了我和素姬的计算机，他们用我的名义发了一封邮件给素姬，说既然双方家人都不同意我们的婚事，就干脆一起出走，去一个没有人认识我们的地方，并约素姬

十五号上午十点到姻缘石见我；同时又以素姬的名义，写了一封同样的邮件给我，约我十五号上午十一点在姻缘石等她。我和素姬都上了当，就先后去赴约，谁知正中了那帮人的圈套。"

素姬说："我上午十点到达姻缘石，但等到十点三十分还没见到汉西，我急了，因为以前约会他都一定会提前到的。正在着急，见有人从山上下来，说有山火。我听了更是着急，因为我知道，汉西来姻缘石，不能由关口出境，因为阿力士国王下了禁止令，所以汉西要迂回地绕过一段山路，才能到达姻缘石。正着急的时候，有个年轻女人跑来，说汉西在山上被烧伤了，很危险，叫我马上去。我一急之下，也没细想，就跟了她去。谁知那女人是恐怖分子的头目，我一进山洞，就被关起来了。"

汉西说："真气人，我也跟素姬一样上了当。我十点四十五分到了姻缘石，也是等到时间过了还没见素姬来。因为我在山路上就闻到火烧的焦味，心里已有点担心，怕素姬会跑上山等我，遇上危险。后来在姻缘石等了好一会儿都不见素姬，心里已很急了，这时我看见两个来买啤酒的男人，说是刚才下山时见到一个女子被烧伤，正在抢救。我一听吓坏了，心想莫非是素姬？便央求他们带我去见那女子，就这样上了当，被骗到这山洞，被关了起来。"

素姬气呼呼地说："我跟汉西见了面，才知道从那封邮件开始，一切都是那帮人设的陷阱。我们开始还不知道他们想干什么，后来才从他们的谈话里，知道他们是一个国际恐怖组织的人。因为早前他们进入乌隆国和胡陶国从事恐怖活动，被我父亲和阿力士国王联手，捉了他们大部分人。他们怀恨在心，便设下陷阱绑架我们。那两封电邮，都是他们叫黑客弄的，目的是骗我们到姻缘石，以及造成我父亲和阿力士国王的误会；那场小山火，也是他们故意放的，是为了哄骗我们跟他们上山。他们的目的只有一个，就是挑起两国矛盾，让两个国家自相残杀，他们坐收渔人之利。"

汉西无奈地说："我们可急了，但又没法逃出去，这囚室上了锁，门外又白天黑夜都有人守着。本来我们有手机的，只可惜被他们抄了去……"

"手机在这里用不上，我们在山路上曾经拨过电话，但没有信号。"晓星说，"不过，你们别担心，听过一句话吗？'天下事难不倒马小岚'，小岚姐姐会想出脱身办法的。"

素姬一把拉住小岚的手："小岚，你一定要想办法帮我们逃出这鬼地方！只有我们回到家，战争才会停止。而且，我很想再见到美姬姐姐，见到父亲……"

汉西也用期待的眼神看着小岚。

小岚说："放心吧，我一定想办法带你们逃出去。不过，这事要到晚上才能进行。大白天的，逃出去了也肯定会被抓回来。"

汉西点头说："对对对！"

小岚又问："这帮绑匪一共有多少人？"

素姬说："其实我们也不大清楚。除了那个被叫做大姐大的女子，还见过另外四个绑匪。"

"哦。"小岚想了想，又问，"晚上有人看守吗？"

汉西说："有，他们分两段时间。第一段由下午五点至第二天清晨五点，第二段由清晨五点到下午五点。每段时间有一个人看守。"

"哦！"小岚眼睛骨碌碌地转着。

看守的人不知什么时候已经换了长毛，这时，他扯开嗓子喊了起来："你们嘀嘀咕咕干什么？快来吃晚饭！"

他边喊，边从铁栏杆的缝中递进四碗吃的。

晓星首先跑了过去："哎呀，我正好饿了。咦，这是什么呀？"

小岚过去一看，只见碗里是米饭，饭上面搁了一些煮得发黄的白菜。

素姬公主厌恶地说："我不想吃。"

汉西说："这几天你每顿都只是吃几口，这样会弄坏身子的，求你吃点吧！"

"素姬公主，你一定要吃。"小岚在素姬耳边说，"饿着肚子，今晚怎么逃跑啊！"

汉西王子也劝说："是呀，素姬，你会走不动的。"

素姬说："好吧，我听你们的。"

四个人一人端了一碗饭，勉强吃了起来。菜淡而无味，饭有点夹生，还有一股焦味，这让吃惯山珍海味的他们直皱眉头，好像吃苦药那般难受。不管怎么努力，他们每人都只硬啃了半碗饭。

吃完饭，小岚和另外三个人坐到角落里，小声说话。

长毛说："喂，你们悄悄说些什么呀？让我也听听，解解闷。黑夜太长，又不能睡觉，又没个人说说话，闷死了！"

四个少年男女不理他，晓星从口袋里掏出一副飞行棋，说："我们不闷，我们下棋。"

长毛看见，开心地说："飞行棋？好玩好玩！可以让我一块儿玩吗？"

晓星说："不可以！我们刚好四个人。"

四个人摊开棋盘，每人选了一种颜色的棋子，便掷起色子来了。

小岚运气很好，一下就扔了一个六点，可以起飞一架飞机。而汉西和素姬也很快起飞了，只有晓星，手气很差，扔了十几次都不是六点，他寸步难行，只好干着急。

长毛在外面伸长脖子看着，还不时充当"狗头军师"给他们出出主意："素姬公主，你走那架飞机嘛！喂，那个叫晓星的小子，你掷色子时别使那么大劲嘛……"

但没有人理他。

半个小时后，第一局已分出胜负。素姬超前，得了第一，小岚屈居第二，汉斯第三。晓星最惨，只有一架飞机到达终点，其余的虽然起飞了，但走到半路又被其他人的飞机打掉了。他很不服气，嚷着："再玩再玩，下一局我一定能赢！"

四个人又摆好棋子，准备继续玩。

长毛看着眼馋极了："我也想玩，让我玩一局好吗？"

晓星瞪了长毛一眼，说："不好！我们是好人，你是坏人，好人不跟坏人玩的！"

长毛死缠烂打："好啦，好啦，求求你们了！让我玩一局，就一局，一局！"

晓星斩钉截铁地说："不行，就不行！我们不跟坏蛋玩！"

这时，小岚打了个哈欠说："反正我也有点累了，看他这么可怜，就让他玩吧！让他使用我的红色飞机。"

"谢谢，谢谢小姑娘。"长毛兴高采烈，他在外面靠近铁栏杆坐下，又伸手进去想拿那颗色子，但怎么也拿不着，"喂，你们把棋盘往我这里挪一点好不好！"

小岚说："嘿，你真笨，你进来玩不就行了。"

长毛摸摸脑袋："对对对，我可以进去玩呀！"

长毛从裤袋里拿出钥匙，打开铁门，走了进去，又马上小心地重新锁好门，然后把钥匙放回裤袋。

"我先掷我先掷！"长毛咋咋呼呼的，拿起色子就要掷。

"什么呀！"晓星偏偏不让，他一手抢回色子，说，"上一局素姬姐姐赢了，当然是素姬姐姐先掷！"

长毛不高兴，但又怕晓星不让他玩，只好服从了。

第14章
小岚失踪了

晓晴这一觉睡得可真够长，当她慵懒地伸伸手脚，然后去瞧瞧墙上的大挂钟时，不禁吓了一大跳：原来已是下午三点多了。

怪不得肚子咕咕叫，原来是饿的。早上因为太困，只是随便喝了杯牛奶，相信早已消化掉了。

她一骨碌爬了起来，去找小岚，房间里没人，去找弟弟晓星，也一样，房间里连人影都没有。好啊，这两个没义气的家伙，也不叫自己，竟然自个儿出去了。

不要紧，可以把坏事变为好事。自己一个人，可以自由安排时间，省得跟着小岚东奔西跑，紧张兮兮的，连歇口气的工夫都没有。

首先得解决肚子问题，她按铃叫送餐。马上，一个穿着白制服的年轻男侍者进来了。男侍者说："周小姐，小岚公主已经让厨房给您准备了一顿丰盛的午餐，您什么时候要，我可以马上送来。还有，小岚公主留下话，她和晓星先生出去有点事，叫您吃完饭在国宾馆好好休息，等他们回来。"

晓晴很高兴，哈，到底是好朋友，照顾周到！她开心地说："马上送来，我饿极了！"

"是！"

晓晴刚刷好牙洗完脸，男侍者便推了一部放满食物饮品的餐车进来。他熟练地揭开盖在饭菜上的镀金盖子，又在询问晓晴意见后，给她倒了一杯新鲜果汁，然后彬彬有礼地说："周小姐，请用餐！"

晓晴早已饥肠辘辘，也顾不得斯文，拿起刀叉便大嚼起来。直到把餐车上的食物消灭了大半，她才放慢速度，看看身边一直在侍候的男侍者，便问："你知不知道，小岚公主和那个男孩子去哪里了？"

男侍者回答："他们呀，跟汉斯王子一块儿吃了午餐，便出去了。我不知道他们上哪里去了。"

啊，跟汉斯王子吃午餐！

糟了糟了，错过机会了！不知道还有没有机会见到王子呢！"死小岚，臭晓星！"她禁不住大嚷起来。

见男侍者在一旁惊讶地瞧着她，她又想起该注意点仪态，便又放轻声音问："他们什么时候回来？"

男侍者说："这我不知道，但我知道阿力士国王和汉斯王子今晚会设宴招待小岚公主和两位客人。所以，他们应会在晚饭前回来的。"

太好了，今晚还有机会见到汉斯王子，晓晴这才又高兴起来。享受完那顿丰盛又美味的午饭，已接近下午五点了。晓晴悠闲地步出阳台，倚在围栏上欣赏了一会儿异国风光，看看时间已五点半，心想该开始为晚宴准备准备了。今晚要见王子呀，打扮一定不能随便，一定要光彩照人地出现。

她按铃让人进来调好浴池的水温，然后舒舒服服地在水里躺了大半个小时。洗完澡，就开始贴面膜卷头发，再往脸上抹这抹那的，到化完妆又穿戴好时，已是晚上七点十五分了。小岚和晓星还没回来，难道他们直接去了宴会厅？有可能！于是，晓晴小心地提起那件紫色晚礼服下摆，往楼下的宴会厅去了。

宴会厅门口侍立的礼仪小姐，一见到晓晴便笑容满面地迎了上去："小姐一定是乌莎努尔公国来的尊贵客人，周小姐吧？"

晓晴说："对！"

礼仪小姐彬彬有礼地说："请走这边！"她伸出右手，做了个"请"的手势。

晓晴被引进一间面积不大但布置雅致的休息室。一见她进来，里面一位年轻人马上满脸笑容地站了起来。他年约二十一二岁，身材高大，腰板挺得很直。他向晓晴伸出手，说："请问是周晓晴小姐吧？欢迎欢迎！"

晓晴挺开心的，因为这里所有人都能准确地说出她的名字，足显自己地位尊贵。这时那年轻人又补充了一句："我是汉斯。"

原来是汉斯，果然有王子风范呢！

"汉斯王子您好！"晓晴不知怎么竟脸红起来。

"请坐请坐。"汉斯王子风度翩翩，请晓晴坐下。

晓晴问："请问，小岚和晓星还没来吗？"

汉斯王子说："还没有。他们中午跟我一块儿吃午饭，之后自己驾车出去了。但他们应该很快会回来的，因为说好了今晚父亲请你们吃饭。"

面对这么帅气的一位王子，晓晴巴不得小岚他们再晚点回来呢！

晓晴开始扯东扯西，跟汉斯王子聊起来，但渐渐地汉斯王子有点坐不住了，不时用眼睛瞟瞟墙上的挂钟。当挂钟指向八点十分时，他开始有点沉不住气了。

"小岚公主不会出什么事吧？"汉斯显得有点焦虑。

正说得高兴的晓晴停了嘴，她瞧瞧大挂钟，才发现时间已晚，她想了想，说："我看不会有事的。小岚这么机灵，能有什么事？我猜他们可能是忙着追查什么线索，耽搁了，可能这时正在回来的路上呢！"

话虽这么说，她到底放心不下，于是拿出手机拨了起来。她先拨了小岚的电话，不通；又拨了晓星的电话，也不通。晓晴也着急起来了。

这时候，阿力士国王走了过来。他跟晓晴打过招呼后，说："小岚公主还没回来吗？"

汉斯说："是的。按小岚公主为人，她不会这么没交代的。就是晚回来，也会打电话说一声吧。我担心她遇到了危险。"

阿力士国王果断地说："赶快派人去找！"

汉斯说："是！"

汉斯转身对晓晴说："你留在这里等着，如果小岚公主回来了，马上通知我！"说完就和阿力士国王一起匆匆走了。

晓晴留在休息室等着，期间只吃了半碗侍者捧来的面条，她担心小岚和弟弟，实在咽不下。

八点半，九点半，十点半，既不见小岚他们回来，也没接到汉斯王子的任何消息，她急得在休息室里走来走去，就像热锅上的蚂蚁。

正在这时，手机响了，啊，是汉斯打来的："晓晴，目前仍没有小岚公主的消息。你先回房间休息吧，一有消息，我会马上通知你。"

晓晴心里着急，但也毫无办法，她快快不乐地离开了宴会厅，回到了房间。她哪里睡得着啊，一直到半夜，还只是

躺在床上翻来覆去。

突然，她猛地从床上坐了起来，嚷着："糟了糟了，怎么竟忘了告诉万卡！"

该死该死！她一边骂自己，一边拨电话。

这时万卡仍在办公室处理国务，接到晓晴电话，大为震惊，他急急地说："我马上坐飞机来，你代为通知阿力士国王一声。"

晓晴刚挂线，电话又响了，是汉斯王子。

"我们在云顶山下找到了小岚公主驾驶的越野车。估计小岚公主是来姻缘石寻找我弟弟和素姬公主的线索，之后出了什么事。你赶快把情况告诉万卡国王。我们已派军队在这一带搜索。"

"我刚刚打了电话给他，告诉他小岚失踪的事。他说马上来帮助处理这事。"晓晴着急地说，"国宾馆能派车接我去姻缘石吗？我也想去找小岚他们。"

汉斯说："所有的车都派出去寻人了，你还是待在国宾馆好，反正你来也帮不上忙。"说完，就挂了线。

晓晴急得直跺脚。

第15章
都是嘴馋惹的祸

这一夜，不知有多少人没有睡觉，他们都在为小岚和晓星以及之前失踪的素姬和汉西担心、奔忙。但他们怎么也没有想到，此时此刻，这四个"失踪人口"正在山洞里跟一名绑匪下着飞行棋。

长毛玩了一局又一局，一直占住位子，不肯还给小岚。小岚也不赶他，只是笑嘻嘻地看着。不知不觉，时间已到深夜。

小岚跑到铁栏杆前，仔细倾听了一会儿，只听得外面静悄悄的，一点人声都听不到，心想绑匪们一定全都睡下了。

小岚朝晓星使了个眼色，晓星便对长毛说："哇，你吃饭不擦嘴，下巴上还有几颗饭粒。"

长毛用手去擦了擦，然后问："还有吗？"

晓星说："还有。我帮你擦掉它！"

晓星拿出一条小毛巾，伸向长毛的嘴。说时迟，那时快，晓星将毛巾一把塞进长毛嘴里。

长毛吃了一惊，正想把毛巾取出，小岚等四人早已围过去，有的抓手，有的抓脚，把长毛按住了。长毛动弹不得，只好挣扎着，嘴里"唔唔"叫着。

汉西拿出预先用衣服撕成的布绳，把长毛的双手和双脚绑住了。

长毛像一只粽子一样，被扔在角落里。

小岚迅速从长毛裤袋里掏出钥匙，打开了铁门。

小岚说："我们快走！晓星，你跟在我后面。汉西，你照顾好素姬。"

一行四人，借着微弱的烛光，悄悄向洞口走去。

幸好一路上没有碰到绑匪，两边那些房间仍然大门紧闭，里面一点动静都没有。走到分岔口，左边洞里静悄悄的，谢天谢地，绑匪一定都睡得死死的。

走到洞口了，小岚拨开那些垂挂的常春藤，第一个钻了出去。外面很安静，她深深吸了一口清新空气，第一次感到自由的可贵。

四个人站在山洞外面，都有一种想大声欢呼的欲望，但又怕惊动绑匪，只好忍住了。

天上不见月亮，星光也非常黯淡，四周黑黑的，分不清东南西北。

小岚压低声音说："现在没法弄清方位，我们只能朝着一个方向，一直往前走，反正离这里越远越好。"

其他三个人都答应了一声，大家都自然而然地视小岚为小领袖。

"山路崎岖，你们千万要小心。"小岚说，"我先走，你们一个跟一个，别掉队了。"

汉西说："小岚，走前面太危险，还是我来领路吧！"

小岚以不容反驳的语气说："不！还是我领路。你殿后吧！你的角色也很重要，提防有人掉队。"说完，就领头走了。

借着黯淡的星光，小岚十分勉强地辨着脚下的路，四个人走得很是艰难，因为一不小心，就可能掉下万丈深渊。

大家都一言不发，默默地走着路，只听到踩着枯叶发出的沙沙声。远处有些不知名的鸟在叫着，声音很凄惨，听着叫人害怕。

突然，眼尖的晓星拉了小岚一把："小岚姐姐，前面有火光！"

大家停了下来，仔细看去，果然见到十几米远的地方燃着一堆火，火堆旁边有五六个影影绰绰的人影。晓星兴奋地说："这回好了，我们有救了！那些一定是打猎或者砍柴的人，我们可以请他们带路下山。"

小岚说："慢着！你忘了我们白天的教训了？小心碰到了绑匪。还是观察一会儿再说。"

"那些绑匪按理在睡觉呢！"晓星又自言自语地说，

"不过，我听小岚姐姐的，小心驶得万年船。"

那些人原来在烧烤，可以闻到一阵阵烤肉的香味。

大家都在悄悄地咽口水。因为晚上那顿难吃的饭早已消化掉了，那烤肉的香味，简直令他们忍无可忍，直想奔过去饱餐一顿。

"小岚姐姐，你们看，他们开始吃了！别让他们全吃光了，我们得过去，要他们留点给我们！"晓星说完，竟迫不及待地想跑过去。

"晓星，别……"小岚一把拉住晓星。

但已经迟了，那帮人被惊动了，有两个还站起来张望着。

"快蹲下，别动！"小岚喊了一声。

四个人蹲了下去，一动不敢动。

过了一会儿，没听到火堆那里有动静，大家都松了一口气。

突然，眼前大亮，一个手电筒正照着他们。

大家被强光照得睁不开眼。

"什么人？"有人大喊一声。

小岚站了起来，其他三个人也跟着站了起来。这时，他们才看清面前有四个又高又壮的男人，他们手里都拿着枪。

小岚心里咯噔一下：这回糟了，要是坏人的话，他们一

定跑不掉。

她马上说："我们是来露营的，在山上迷路了。"

其中一个长着络腮胡子的人，无礼地用手电筒把小岚他们逐个照着，然后"哼"了一声，说："两男两女，都是十来二十岁，别装了，你们就是素姬公主和汉西王子，还有下午抓到的那两个人。"

天哪，果然是碰上绑匪了。

"不是啦！"晓星说，"素姬公主和汉西王子被关在山洞里，哪有这么容易逃出来！"

"哈哈哈，真是个笨小子。露馅儿了吧？你怎会知道他们被关在山洞里？"络腮胡子哈哈大笑。

小岚气得直想给晓星一个"糖炒栗子"吃！

另外一个瘦高个说："幸好刚才出来巡逻的时候，有只傻兔子撞在我们枪口下。没想到烤兔肉的香味，又招来了四只傻兔子。哈哈哈哈！"

那四个绑匪都张大嘴巴，狂笑着。

"你们才是傻兔子！"晓星气呼呼地说。

小岚、素姬和汉西也朝匪徒怒目而视。堂堂的公主王子，竟成了傻兔子了！气死人了！

都是晓星嘴馋惹的祸！

"走！"那四个人用枪逼着他们走回火堆那边。

　　小岚暗自分析了一下眼前情况——自己四个人，两个女孩，外加一个乳臭未干的晓星，一个文弱书生型的汉西，而对方是四个五大三粗的壮汉，外加四把极具杀伤力的枪。要是硬来，吃亏的肯定是自己。

　　只好老老实实地跟他们走了。

　　匪徒把他们分别绑在了四棵树上。

　　络腮胡子对另外三个匪徒说："你们好好看着他们，等天亮以后再押回去。省得黑沉沉的，半路让他们逃了。"

　　四个匪徒又坐回篝火边，吃兔子肉去了。

　　晓星嘴巴噘得老高，素姬和汉西一脸无奈。小岚心里气得慌——长这么大，从来没这样窝囊过。

　　现在逃不了，等天亮以后就更没机会了。大姐大一定把他们重新关起来，而且看守更加森严，他们就更难逃走了。

　　美姬不知现在怎样了，山林茂密，她能否跑出去请救兵呢？

　　小岚想起了万卡。要是万卡在就好了，他一定能扭转逆势，带他们逃出魔掌。

　　她抬起头，望着天上的月亮——它刚刚冲破云层，把清澈的光芒洒在地上、树上。她心里呼叫着："月亮月亮，你看得见万卡吗？你替我告诉他，请他马上来救我！请他快来！"

公主河_的秘密

绑匪们喝酒吃肉，个个醉醺醺的，后来都躺在地上睡了。

小岚见是个好机会，小声对大家说："我们大家都试试，看能不能解开绳子。"

四个人都开始暗里使劲。

该死的绑匪，捆绑时一点情面不留，捆得死死的。他们的双手被反剪到树后面，再用绳子绑着手腕，所以，解起来一点使不上劲。而且，手每动一动，都会跟粗糙的树干摩擦一下，痛极了。

素姬弄了一会儿就哭了，说："我不行了，手好痛好痛。"

汉西听了很心疼："那你别动好了，等我解开了就去替你解。"

他又对小岚说："小岚，你也别解了，让我跟晓星解就行了。"

小岚的手也痛得钻心，还有湿滑的感觉，估计是皮擦破了，流出了血。但她没放弃，还是拼命用手指去拨弄着绳结，希望把它弄松。听了汉西的话，她嘴上答应了一声，但并没有停下手里的动作。

晓星一直没吱声，他的手也擦破了皮，痛得他龇牙咧嘴的，但他忍着。自己是男子汉啊，要坚强。

大家就这么跟手腕上的绳子暗暗较劲，充满希望地做着一件希望渺茫的事。

手太痛了就停一会儿再弄，可是大家发觉，停下之后伤口更痛，于是，他们都疯了似的，不停去拨弄绳子。小岚不屈不挠地，终于解开了第一个结，但是，后面还有几个结要解，她几乎没力气了。

但是，不能停！匪徒醒来就跑不了啦。她又开始解第二个结。

这时，听见汉西小声欢呼了一下："我解开了！"

大家听了，都松了一口气，心想，这下有救了。

汉西扔下绳子，马上去帮旁边的晓星解绳子。没想到，正在这时，有个绑匪醒了，他发现了汉西的举动，便马上通知他的同伙："快，他们要逃跑！"

另三个匪徒都翻身起来，去摸枪。

小岚急忙大喊："汉西，你们快跑！"

晓星的绳子刚好解开了，两人向小岚和素姬跑来，想帮她们解绳子。

小岚见一个绑匪已朝汉西他们瞄准，急得大喊："你们快跑！回去搬救兵！"

这时，绑匪已开始开枪，"啾啾"，两颗子弹从汉西头上掠过。

汉西见情况危急，只好放弃了替小岚她们松绑的打算，拉着晓星，拼命朝树林深处跑去了。

络腮胡子吼了声："阿七，你看着两个女孩。其他人，跟我追！"

那个叫阿七的绑匪答应了一声，就用枪指着小岚和素姬："等捉回那两个小子，再一齐炮制你们！"

小岚和素姬互相看了一眼，她们心里都在暗暗祈求，希望汉西和晓星能逃走。

过了一个多小时，三个绑匪骂骂咧咧地回来了。

"这两个兔崽子，怎么一下就跑得没影了！"

"便宜了他们！"

"这回糟了。等会儿大姐大知道了，我们不死也会脱一层皮！"

络腮胡子气急败坏地指着小岚和素姬："不许再睡觉，给我看好她们，天一亮就带回去。

第16章
冰释前嫌

拂晓前，由阿力士国王派出的搜索队伍在云顶山脚下发现了一名昏迷的女子。人们赶紧把她救起，用担架抬到姻缘石——那里已成了临时指挥部。

搜索队长走进临时搭建的帐篷，报告说："国王陛下，王子殿下，我们刚刚在山脚下救了一名身份不明的年轻女子。她头部撞伤昏迷，身上多有碰撞伤痕，看样子，是从山上滚下来，撞伤的。"

阿力士一听十分紧张："她在哪里？"

大队长说："就在帐篷外面。"

阿力士一听一边匆匆往外走，一边对汉斯说："快，有可能是小岚公主！"

昏迷女子躺在担架上，长长的头发盖住了脸。阿力士一看便知不是小岚，他吩咐队长："赶快把她送医院！"

"慢着！"汉斯突然大喊一声。

他虽然看不清她的脸，但是不知为什么，他总觉得有一种熟悉的感觉，这促使他走向那女子。

他蹲下，轻轻拨开女子脸上的乱发，看到那张秀气的脸。

"美姬!"一声惊呼,从汉斯嘴里发出。

汉斯用有点近乎疯狂的动作,把女子从担架上抱起,拥进怀里:"美姬,怎会是你?谢谢上天,把你送回来给我!美姬,你醒醒,你醒醒!"

汉斯不顾一切地喊着。他的呐喊终于起了作用,一直昏迷的美姬缓缓睁开了眼睛,她认出了眼前人:"汉斯,是你……"

"是我,是我。是生生世世把你记在心里的汉斯。"汉斯声音哽咽了。

美姬欣慰地笑了。这时,阿力士国王也蹲了下来:"美姬,原来你还活着。上天怜悯,像你这么好的孩子,命不该绝。"

美姬眼里滚出泪珠,她好像突然想起了什么,指着山上:"快去救素姬,救小岚,救汉西和晓星……"

"什么?"阿力士一听大惊,忙问道,"他们在哪里?你知道他们的情况?"

"是。"美姬说话虽然有气无力,但还是很清晰地说了昨天发生的事。包括如何在姻缘石附近遇到两个绑匪,知道了素姬和汉西下落,如何跟踪绑匪,又被绑匪发觉,小岚如何急中生智保护了她……

美姬说："我亲眼看见小岚和晓星被绑匪抓走了。等绑匪走远之后，我就拼命跑下山，想找人救他们。但云顶山太大，树又太茂密，我走着走着就迷失了方向。后来天又黑了，我就更加找不到路了。我只好找个地方躲起来，等到天刚亮，辨清了方向，才向山下狂奔。快到山脚时，不小心失足，滚了下来，就人事不省了。幸亏被你们救了。"

阿力士国王听完美姬一番话，不禁怒火中烧："这帮恐怖分子，只恨我们当初手下留情，没有对他们赶尽杀绝。没想到他们恩将仇报，用这样卑劣的手法，煽风点火，造成两国不和。"

他对美姬说："孩子，你好好养伤，救人的事有我们去做，我一定会救出人质！汉斯，你送美姬去医院，请最好的医生、最好的护士照料她。另外，你赶紧通知阿齐齐国王，告知美姬公主在我们这里，还有告诉他素姬公主被绑架的事。"

"是！"汉斯应道。

美姬和汉斯离开后，阿力士国王开始调兵遣将。搜索队长面有难色，他说："陛下，云顶山实在太大，搜索需要时间，而且山上树木茂密，又给搜索带来极大麻烦，所以一定要派多支队伍大包围搜山。但是这样的话，一定会惊动绑匪，我怕他们狗急跳墙，会对王子他们下毒手。"

阿力士皱着眉头："你说得对。但是美姬又没法提供准确的位置，而且她也不知道绑匪的巢穴，这事情实在难办。"

这时，有名侍从匆匆跑来，报告说："国王陛下，乌莎努尔国王万卡来了！"

"万卡国王？太好了！"阿力士国王急忙走出帐篷。

但他还没走几步，帐门一掀，万卡已走了进来。

万卡一脸疲惫，一脸焦虑，一脸风尘，一见阿力士便问："情况怎样？有消息吗？"

阿力士说："万卡国王，小岚公主遭绑架了……"

他把从美姬那里得来的消息，告诉了万卡。

阿力士又说："现在我正考虑如何搜索会更为妥当。"

他又把刚才和队长的谈话内容跟万卡说了。

万卡皱着双眉："你们的顾虑有道理，如果有准确位置，然后出奇兵突袭救人就最好。让我想想……"

他低着头，不停踱步。突然，他发现地上有个箭头，这个箭头有点特别，指示方向的地方不是尖的，是圆的。这个箭头画法好熟悉！

啊，是小岚！记得有一次和小岚一起玩野外追踪，小岚当先头部队，她画的标示方向的箭头全是圆的。万卡后来问她，真正的箭头应是尖的，你画的怎么是圆的？小岚扮了个鬼脸说："我怕刺到你嘛！"尽管她说的是玩笑话，但仍然令万卡心里甜滋滋的。

"这是小岚留下的标记！"万卡指着地上的箭头，喊了起来。

阿力士忙蹲下，仔细看着箭头，说："你能确定这是小岚公主留下的吗？"

"能！"万卡斩钉截铁地说，"相信她会一路给我们留标记。阿力士国王，您赶快组织一支一百人的精锐队伍，我来领队去营救小岚他们。"

阿力士高兴地说："好，我们一块儿去！"

搜索队长很快集合了一支营救队伍，正要出发时，突然见到不远处有支车队疾驰而来。那车子排了一长串，看不到尾。

大家正在惊讶，最前面那部越野车已在他们面前停下，一个全副武装的人从车里走了出来。

是阿齐齐国王！

接着，一辆辆车子全都停下了，从里面下来的都是全副武装的军人。

阿力士一见大为紧张，心想莫非这家伙又来挑衅！他大喊一声："队长，准备迎战！"

"慢着！"万卡观察着，说，"我看他们不像是来挑衅的。"

正说着，阿齐齐已经走过来，风风火火地直奔阿力士。

阿力士正要闪避，但已迟了，他的手已被阿齐齐牢牢抓住。他正要叫喊，但已被阿齐齐抢先："对不起，对不起！刚才美姬给我打了电话，我什么都知道了。谢谢你救了美姬。"

阿力士一听松了口气："不用客气。美姬是好孩子，救她是应该的。"

阿齐齐露出惭愧的样子，说："之前的事多有误会，还跟贵国大动干戈，实在是不理智，在此跟你道歉。幸好小岚公主及时出面调停，没有造成人员伤亡。但贵国人民因此而蒙受的财产损失，本国王一定全数赔偿。"

阿力士说："不用不用。"

阿齐齐说："要的要的！"

阿力士说："真的不用！"

阿齐齐说："一定要一定要！"

万卡见他们冰释前嫌，心里很高兴，但见他们说着说着又有点脸红脖子粗了，急忙上前说："两位国王不必再争，战争赔偿稍后再提，现在马上要做的事是派队伍展开营救。"

阿力士说："对对对，我马上派人去营救。阿齐齐兄弟，你在这里静候好消息吧！"

阿齐齐说："不不不，我队伍都带来了，还是我派队伍去营救，你在这里等候好消息。"

阿力士说："还是我去！"

阿齐齐说："还是我去！"

"别争了！"万卡急了，不禁一反平日温和性格，大喊一声。他们再争执一秒，小岚他们的危险就多一分啊！

两个国王看着万卡。

万卡说："阿力士国王，阿齐齐国王，你们各带一支五十人的精锐队伍，组成联合救援队，我做总指挥，五分钟后出发！"

阿力士和阿齐齐不再争了，一齐应道："是！"

一支救援队伍很快集结起来，阿力士和阿齐齐各自领着本国队伍，而万卡则做领队及总指挥。

万卡按小岚留下的圆箭头走着，把队伍带上了山，在一个拐弯处，又发现了第二个圆箭头。就这样，他们按小岚留下的标示一路到了山腰处。这时出现了一个三岔路口，按理小岚会留下标示的，但万卡观察了很长时间，都没能找到。

阿力士和阿齐齐见万卡跑来跑去、一筹莫展的样子，便都跑了过来。

"有头绪吗？"两个人异口同声地问。

万卡指着地面说："你们看，这里的草被踩得乱七八糟的，像有不少人在这里停留过。我估计，小岚和晓星就是在这里被抓走的，所以在这之后就再没留下标记。"

阿力士说："咦，我记起来了！美姬提到，她们就是走到一个三岔路口时，被绑匪发现的。"

阿齐齐说："这就有点麻烦了。三条路，该往哪一条走才对呢？"

三个人正在商量，忽然看见前面有两个人跌跌撞撞地跑下山来。

万卡惊讶地发现，跑在前面的、个子小小的那个人，竟是晓星！

第17章
舍身救人

小岚一直留意着绑匪动静，想寻找脱身机会。可惜四个绑匪虎视眈眈地看守着她们，令她的计划落空了。

天刚亮，就见到大姐大带着四五个人气急败坏地走来，原来早上光头换班时，发现了被绑的长毛，知道人质逃跑了。

"混账，怎么让那两个男的跑了？他们回去报信，我们死定了！"大姐大朝络腮胡子咆哮着。

"我……我们……"络腮胡子嗫嗫嚅嚅的，很委屈的样子。

"这地方不能待了，我们马上回山洞去，取出里面的东西，然后转移。"大姐大命令着。

"你，你！"大姐大指了指络腮胡子和光头，"你们负责看好两个女孩，千万不能让她们跑了。"

"是！"两名绑匪应道。

两名绑匪走向小岚和素姬，把她们从树上解了下来，又重新用绳子把她们双臂反剪在身后。绳子勒在小岚刚才被擦破的皮肤上，痛得她咧了一下嘴，但她忍住不喊痛。素姬却忍不住了，呜呜地哭了起来。

小岚关心地看着她："素姬，别哭，别让那些坏蛋笑话。咬咬牙挺着，一会儿就不觉得痛了。"

素姬答应着，真的不哭了。

一帮亡命之徒，押着小岚和素姬，直奔回山洞去。

回到山洞口，大姐大吩咐光头道："你去放哨！"

她又吩咐络腮胡子："你把两个女孩绑在树上，也进洞里帮忙搬东西吧！"

真不幸，小岚和素姬，又分别被绑在两棵树上了。

绑匪们开始忙碌地把东西搬出洞口，看来他们在洞里藏了不少东西呢！有吃的，有用的，有枪支弹药。有两个人抬出一个箱子，那箱子好像挺重的，两个粗壮的男人都累得气喘吁吁的。

小岚见他们都忙着搬东西，便又开始设法解开绑着双手的绳子。

绑匪们走进走出，搬了一个多小时，洞口的东西堆成了小山。

"你们每个人尽量多背点子弹和食物、饮用水，"大姐大吩咐着，又指指络腮胡子，"你和长毛负责抬箱子。这箱子很重要，你们命丢了也不能丢它。长毛，你这次要将功赎罪，再出乱子，一枪毙了你！""是，大姐大！"长毛点哈腰的。

也许是络腮胡子刚才太着急，竟然没有很使劲地捆绑小岚，小岚弄了一会儿，居然把绳结弄松了。只要再加把劲，估计很快就可以解开绳索。

这时，络腮胡子喊长毛去抬一下箱子，试试重量。长毛毛手毛脚的，把扁担搁在肩上，就想直起腰。但箱子的沉重令他一个趔趄，跌倒了，箱子也跌翻在地，散了开来。

里面"哐当哐当"，竟跌出许多金灿灿的金条来。

"混账东西！"大姐大破口大骂，"还不赶快捡起来。"

可是，已经迟了，那帮绑匪见到金灿灿的金条，都露出了贪婪的目光，不约而同扑过去，捡起金条塞进自己的背囊里。

"不许捡！"大姐大急了，掏出手枪，向天开了一枪。

那帮眼红了的绑匪，根本不理会大姐大，继续捡着。这时候，光头慌慌张张跑来了。

"不好了！有大队人马往这里包抄来了。其中带路的，就是汉西王子和那个叫晓星的小子。"

"快逃命呀！"绑匪们嚷着，争先恐后，四散而逃。

"你们这帮贼，快把金条放下！"大姐大声嘶力竭地嚷着，但谁也不听她的，一眨眼工夫就跑得不见踪影了。

大姐大无可奈何，俯身捡起剩下的几根金条，放进背包。她直起腰，恶狠狠地望着绑在树上的两个人，骂了一句："好啊，我死也要拉个垫背的！"

她举起枪，朝距离才几步远的素姬公主瞄准。素姬被绑在树上，根本避无可避，她惊恐地望着大姐大，面如死灰。

这时候，大队人马已赶到了。走在前面的汉西发现了素姬的险境，急得大喊："素姬小心！"

这一声猛喊，令大姐大愣了愣，但她仍定了定神，瞄准素姬胸膛"砰砰"打了两枪。

汉西远远见到，吓得心胆俱裂……

正在千钧一发之时，已挣脱绳索的小岚猛扑向素姬，用自己的血肉之躯护住了素姬。

几乎在同时，万卡手中的枪响了，大姐大应声倒地。

"小岚！"万卡疯狂地跑向现场。

小岚已倒在素姬脚下。

"小岚，小岚！"万卡抱着她，心痛欲绝。

小岚的眼神有点散乱："万卡，你……来了，一定是月亮把口信捎到了……你来了，我就放心了，我好累，我想睡一会儿……"

万卡悲痛地说："小岚，你别睡，别睡，你要撑着！"

小岚笑了笑，慢慢地闭上了她那双美丽的大眼睛。

"小岚，你不能死，小岚，小岚啊！"素姬尖叫着。

这时，汉斯也跑来了，晓星跑来了，阿力士和阿齐齐带着随队救护官来了。

所有人目睹了小岚舍己救人的那一幕，都感动得泪流满面。

"小岚，小岚公主……"许多声音一齐呼唤着小岚的名字。

死里逃生的素姬，哭得浑身颤抖："小岚啊，你为什么这样傻，为什么？"

阿齐齐搂着毫发无伤的女儿，涕泪交流："女儿呀，你一辈子都要记住，是小岚救了你的命……"

晓星拉着小岚的手，吓得不会说话了，只是重复叫着："姐姐，姐姐，姐姐，姐姐……"

万卡忍着眼泪，迅速为小岚检查了一下："小岚还有呼吸。但情况很危急，她中了两枪，其中一枪伤及要害，得马上动手术，取出子弹。"

"好，马上叫直升机来，送去最近的医院。"阿力士急忙拿出军用电话。

万卡发现小岚的气息越来越弱，呼吸越来越轻微，绝望地喊道："不行，小岚的伤势等不了，也经不起搬来搬去的折腾。她只能就地动手术，而且是马上！"

就地？马上？

大家都呆了。就在这荒山野岭，怎么做手术？哪里有医院？哪里找医生？

阿齐齐脱口而出："这、这怎么可能！"

"有可能！"这时，有人插话。大家一看，是乌隆国的一名救护官。

所有人的目光全部落到他身上。

"这就是医院！"救护官指着曾经是绑匪巢穴的山洞。

因为绑匪要搬东西出来，所以把那些遮掩着洞口的常春藤撩了起来，那平日不易察觉的山洞暴露无遗。

大家都吃了一惊。

晓星说："这是绑匪的山洞呢，怎么会是医院？"

救护官说："千真万确！这山洞是一间战备医院，是十三年前建的。那时附近几个国家都打着仗，很可能殃及池鱼。当时的卫生部长为了战备需要，在这深山密林里建了一间小型医院，里面有十多间病房和一应为战时所必需的药品和医疗器械。我当时刚大学毕业，当了卫生部长的秘书，医院刚建成时我跟着部长来视察过，所以知道这个秘密。也真没想到，这医院竟被绑匪占据了。"

阿力士一拍脑袋："这事当年卫生部长跟我说过，怎么我竟忘了！那太好了，你马上给小岚做手术。"

救护官抱歉地说："对不起，我不能动这么大的手术。"

"谁说没有医生，我就是医生！"万卡抱起小岚，说，"时间就是生命，救护官，请协助我做手术！"

在大家惊愕的目光中，万卡抱着小岚走进了山洞。救护官没问什么，赶紧跟了进去。

第18章
红丝带的祝福

第二天清晨。

云顶山的早上原来好美。你看，淡淡的晨雾就像仙女的飘带，在树与树之间绕来绕去；经过露水洗涤的树叶，显得青翠欲滴，在晨色中泛着银色的光；在窝里歇息了一夜的小鸟，在枝头上跳着、叫着，给宁静的山林奏响了晨曲……

山洞医院里静悄悄的。被担忧折磨了一天一夜的人们才刚刚入睡，除了鼾声、不安的梦呓声，就只听见洞顶偶尔落下水滴时，发出的"嗒……嗒……"的声音。

小岚的手术由万卡操刀，这对他来说是有生以来最大的一次考验。久未上手术台，伤者的伤势严重，又是自己心爱的女孩，一切一切都不容有失。

从手术台上下来时，朋友们发现，他的衣服从里到外像刚从水里捞出来一样，全湿透了。可想而知，万卡是凭着怎样的坚韧和勇气，才克服了心理障碍，成功地进行了手术的。

那个情景实在可怕——子弹打在小岚心脏旁边，如果稍微往里偏一点点，小岚就没救了。

手术成功，小岚身上的子弹也取出来了。但由于伤势太重，流血太多，时间已过去一天一夜，小岚仍然昏迷，仍未脱离危险期。

自小岚出事后，万卡便守在她身边，一直没有合过眼。他害怕一合上眼，就再也见不到心爱的女孩了。

除了两位国王须回去处理国事之外，晓星、素姬、汉西，还有闻讯赶来的晓晴，全都在病房守着，直到天快亮时，素姬终于熬不住，才由汉西陪着去休息了。而晓星和晓晴死活不肯走，最后只肯蜷缩在病房一角的沙发上，小睡一会儿。

万卡手执小岚的手，看着小岚那张虽然苍白但纯洁得像天使般的脸，喃喃地说着话。

"小岚，你知不知道你好勇敢，你救了素姬，要不是你替她挡了子弹，她肯定难逃厄运；绑匪全被抓住了，他们会受到法律制裁的……"

"小岚，你知不知道，你令我好心疼好心疼。你痛吗？你饿吗？你难受吗？我恨不能代你承受这一切……"

男儿有泪不轻弹，但努力去压抑的痛苦，却令万卡更感剜心之痛。

"小岚，你快醒来吧！没有了你，即使我拥有整个王国又如何？如果可以的话，我愿以王位来换回你的生命……"

万卡看着在死亡线上挣扎的心爱女孩，心痛欲绝。终于，一滴男儿泪落到了小岚脸上。

这一下，令小岚不为人察觉地动了动眼球。那滴泪水带着温热，带着爱的召唤，启动了她的大脑，强化了她的心脏，唤醒了她的意识……

她慢慢地睁开了眼睛。

万卡正低头拭泪，并没察觉。

小岚看见了万卡。啊！那张俊朗的脸为什么变得如此憔悴、如此瘦削！啊，他在流泪！小岚好心疼，轻轻唤了一声："万……卡……别哭……"

万卡一抬头，看到了那双久违了多时的，像蓝天一样清澈的眼睛，他的心因狂喜而扑通乱跳，他大声喊道："小岚！小岚！你醒了，你终于醒了！"

小岚感动地看着万卡："谢谢你……是你把我唤醒的。"

晓晴和晓星被吵醒了，他们狂奔了过来。姐弟两人都哭了。

晓晴拉住小岚一只手，眼泪大滴大滴往下掉："小岚，小岚，小岚你真的醒啦？你真把我吓死了！"

晓星抽泣着："小岚姐姐，小岚姐姐，你回来就好了，我真怕你不要我们了！"

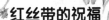

　　小岚虚弱地笑了笑："我怎舍得离开你们……我还要跟你们做一百年朋友，一千年朋友……"

　　正在这时，一大群人走了进来。他们是阿力士国王、阿齐齐国王、汉西、素姬、汉斯，还有身上带伤的美姬。

　　两位国王回去以后，向两国国民发表了联合公告，说明了素姬公主和汉西王子失踪真相，谴责了恐怖组织制造绑架事件、意图挑起两国战争的阴谋，并大力赞扬小岚公主舍己救人的英勇行为。阿齐齐国王还另外发出了一份《罪己书》，主动承担发动战争、损害乌隆国人民利益、伤害两国人民感情的错误，并表示会赔偿乌隆国的所有损失。

　　两国实时宣布恢复外交关系，两位国王冰释前嫌、握手言欢，两国人民终于摆脱战争的噩梦，重过安居乐业的日子。

　　两位国王为处理国务一夜未睡，他们都牵挂着小岚，于是天未亮便相约来看她。而美姬知道小岚为救素姬受了重伤，非常担心，不顾自己身上有伤，硬是要汉斯扶着，跟父亲和阿力士国王一同乘直升机来了。

　　见小岚已经醒了，大家都喜形于色。素姬猛扑到小岚床前，泪流满面："小岚，我不知道跟你说什么好，任何感激的话都无法表达我的感受。你的救命之恩，我一辈子都偿还不了。"

公主河的秘密

阿齐齐也说："小岚公主，谢谢你！我两个心爱的女儿都是你救的，我想，即使我送给你整个王国，也难表达对你的感激……"

阿力士也说："小岚公主，感谢你解决了两国危机……"

大家都由衷地向小岚说着感激的话，小岚只是浅浅一笑，说："你们言重了！我只是做了应该做的事。"

万卡说："各位，对不起！小岚刚刚醒来，身体还很虚弱，不能说太多的话。"

阿力士忙说："对对对，让小岚先好好休息。"

阿齐齐说："这里毕竟设备简陋，不适宜小岚养伤。万卡国王，我们的直升机上急救设施齐全，还有医生护士候命，我想带小岚回胡陶国。我们的国家医院，有着世界一流水平的医生，我们一定让小岚尽快康复。"

阿力士附和说："对对对，阿齐齐兄的国家医院的确不错，小岚在那里一定能得到最好的照顾！"

"这里的确不适合养伤，那就麻烦阿齐齐国王了。"万卡说完，又俯身朝小岚说，"我们现在就送你去胡陶国国家医院，好不好？"

小岚点点头："一切听你的。"

四名救护员抬进来一副担架，万卡小心地、轻轻地把小岚抱到担架上，大家众星捧月般，把小岚护送出了山洞。

刚走出山洞，小岚便惊讶地睁大了眼睛——

从洞口开始，一直到蜿蜒往山下的路，两旁树上系满了红色丝带，一根根的丝带在风中摇曳，令山路变成了一条红色的路……

阿力士国王说："在胡陶国和乌隆国，红丝带代表祝福。这些红丝带，都是两国民众自发来系上的，他们希望带给小岚公主祝福，祝你早日康复。"

阿齐齐说："还不止这些。小岚要是身体好点，可以上互联网看看，那上面留了千千万万条留言，都是祈求小岚公主健康快乐的。"

小岚感动得热泪盈眶。

第19章
四喜临门

在许多人的关怀和爱护下，小岚的康复速度惊人，几天之后，她就可以坐着轮椅，由万卡推着到花园晒太阳了。

万卡决定过两天就带她回乌莎努尔。

这段时间，一帮年轻人成了很要好的朋友。晓晴两姐弟，美姬两姐妹，汉斯两兄弟，大家一有时间就到国家医院那个漂亮的花园，围拥着轮椅上的小岚和站在一旁的护花使者万卡，谈天说地，十分开心。

这天，朋友们来的时候特别高兴，晓星更是笑得合不拢嘴，神神秘秘地对小岚和万卡说："今天，有个特大喜讯！"

小岚问："什么特大喜讯？看你古古怪怪的。"

晓星没回答，只是跑过去一手挽住素姬，又一手挽住汉西，然后一步步朝小岚走去，一边走还一边哼着《结婚进行曲》的音乐。

小岚十分惊喜："素姬和汉西要结婚？"

素姬低着头，一脸羞涩。汉西笑嘻嘻地说："我们先订婚，明天晚上就举行仪式。素姬说，要让你和万卡见证我们的幸福。"

万卡笑道："那真要恭喜你们了。"

小岚高兴得拍起手来。素姬上前拥抱小岚，眼里闪着幸福的泪花。

一帮年轻人开始七嘴八舌地给素姬和汉西出主意——订婚仪式应怎样怎样，穿什么衣服，戴什么首饰，每个人脸上都满溢着欢乐。

只有小岚留意到了美姬和汉斯笑容里的苦涩。

虽然阿力士和阿齐齐国王都很想成全他们，但是，和葛娅公主的指腹为婚，又令他们很无奈。为人处世，一诺千金，阿力士国王不能违背当年的儿女婚约，而阿齐齐国王也不想连累阿力士成为背信弃义之人。美姬和汉斯只好把悲伤藏在心里，尽量享受眼前开心的日子。

第二天早上，当朋友们如常来看望小岚时，却发现他们不在医院。原来一大早，万卡亲自驾驶飞机，带着小岚离开了胡陶国，去了哪里，没有人知道。

晓星气得嘟着嘴，这小岚姐姐和万卡哥哥，一定是撇下他们，到哪个好玩的地方去了。哼，真不够朋友！

到了傍晚，华灯初上时，胡陶国宴会大厅里热闹极了，那里宾客如云，一片喜气。胡陶国和乌隆国的皇亲国戚全来了，他们都是来见证素姬公主和汉西王子的幸福一刻的。

公主河的秘密

汉斯两兄弟跟在阿力士和阿齐齐国王后面，迎接宾客，而美姬就和晓晴陪着素姬，在休息室里等着仪式开始。

芬丝和雪莉也回来工作了，她们两人不时给两位公主补妆呀、整理礼服呀，忙得很开心。

晓星负责跑进跑出的，一会儿跑进休息室跟女孩子们汇报外面情况，一会儿又跑到大厅，给汉斯两兄弟传递女孩子们的指令，忙得不亦乐乎。他每跑一趟，都要嘀咕着同一句话："怎么小岚姐姐和万卡哥哥还不来呀！"

素姬倒是气定神闲，她坚决地说："反正，我要等小岚来了才开始。我能等！"

仪式开始前半小时，听到外面侍从大声喊着："乌莎努尔万卡国王、小岚公主到！"

阿力士国王和阿齐齐国王，还有汉斯两兄弟慌忙出迎。其他宾客，早知道小岚勇救素姬公主一事，再加上万卡在国际上的名望，所以都纷纷站立两旁，恭敬地迎接。

万卡和小岚一出现，立刻吸引了所有人的目光。小岚已经不坐轮椅了，她出万卡挽着胳膊，慢慢走了进来。他们刚长途飞行回来，没顾上刻意打扮，但他们的俊美及风度，已令在场一众皇亲贵胄、型男美女相形见绌。

在场许多人都没见过他们，今日一见，都有惊为天人之感。

162

他们跟两位国王及两位王子握手致贺。这时，晓星跟美姬、素姬跑出来了，素姬见了小岚十分高兴，而晓星就埋怨道："小岚姐姐、万卡哥哥，你们去哪里了？"

小岚笑着说："我们去取一份大礼。"

晓星说："咦，是给素姬姐姐和汉西哥哥的大礼吗？"

小岚摇摇头："不，给美姬和汉斯的。"

大家听了都大为惊讶。

万卡说："离仪式开始还有一点时间，我们进休息室坐坐，讲讲我们今天的行踪，以及带回来的礼物，好吗？"

大家都很想知道小岚和万卡今天去了哪里，又为什么不送礼给素姬和汉西，反而送给美姬和汉斯？于是，大家一起进了休息室。

"你们都很想知道我们今天一大早去了哪里吧？告诉你们，我和小岚去了一趟达理国，并且跟国王哈克先生长谈了两个小时。"万卡说着取出一封信，交给阿力士，"这是哈克先生给您的信，您看完就会明白，我们给美姬、汉斯带回来什么礼物了。"

大家都期待地看着阿力士。

阿力士打开信，边看边念着：

阿力士国王：

承蒙万卡国王和小岚公主千里迢迢来到敝国，为我们的儿女亲事恳切长谈。我终于明白儿女婚姻不可由父母包办，年轻人应有自由恋爱的权利，我们当年的指腹为婚，也许真是一个谬误。

为此，我跟女儿交换了意见，竟发现原来女儿已有心仪对象，只是怕我成了背信弃义之人，才不敢悔婚，但内心一直痛苦。

没想到我们当年一时意气用事，差点毁了两对年轻人的终身幸福。幸好亡羊补牢，为时未晚，错误现在还有修正机会。

我提议，取消当年指腹为婚的口头盟约，让小儿女自己去寻找幸福，相信你一定不会反对。

你的朋友：哈克

"太好了！"听完信的内容，在场的人都忍不住欢呼起来。众人都大喜过望，简直不相信事情有这样的转机。美姬和汉斯互相拥抱，喜泪直流。阿力士和阿齐齐两位国王，竟也忘形地拥抱着，大叫、大笑，开心之极。

晓星笑嘻嘻地看着小岚："小岚姐姐，你带回来的真是一份好礼物啊！"

小岚很得意："本来就是嘛！"

万卡说："两位国王，我有一个建议，今天的订婚仪式，干脆来个双喜临门，加上汉斯和美姬一对。"

阿力士和阿齐齐异口同声地说："好主意！好主意！"

汉斯看着美姬，单膝跪下："美姬，你愿意嫁给我吗？"

美姬羞红了脸："我愿意……"

"噢，太好了！"所有人都鼓起掌来。

汉斯拉着美姬的手，走到小岚和万卡面前，说："谢谢你们！你们好像天使一样，给我们带来了幸福！我和美姬会一辈子记住你们的帮助！"

阿力士和阿齐齐也走了过来，对小岚和万卡说："谢谢两位的帮助，今后，我们胡陶国和乌隆国，永远是乌莎努尔的亲密盟国，今后有什么需要帮忙的，我们一定义不容辞。"

万卡说："好！那我们三个国家就结为同盟，互相支持，互相帮助，为维护世界和平共同努力！"

"好！"三双有力的手紧紧相握。

这时，阿力士有点嗫嗫嚅嚅地说："万卡国王，老夫还有事相求……"

万卡还没答话，阿齐齐竟也吞吞吐吐地说："是呀是呀，老夫也有事相求呢……"

万卡说："两位有什么事，但说无妨，我一定帮忙。"

阿力士说："我……我只有两个王子，我很想有一个像小岚这样聪明的公主……"

阿齐齐也说："我虽然已经有两个公主，但我还想多一个像小岚那样勇敢的公主……"

汉斯两兄弟和美姬两姐妹听了，也兴高采烈地说："我们也想有小岚这样可爱的干妹妹！"

万卡听明白了，笑着问小岚："怎么样？"

小岚笑嘻嘻地说："非常荣幸！而且，以后多了四个哥哥姐姐陪我玩了！"

一时间，欢笑声阵阵，美姬和素姬拉着小岚的手，连呼"好妹妹，好妹妹"！

"那今天就不止双喜了。"晓星扳着指头，"美姬姐姐跟汉斯哥哥订婚是一喜，素姬姐姐跟汉西哥哥订婚是二喜，阿力士国王多了一个公主是三喜，阿齐齐国王多了一个公主是四喜。哇，是四喜临门呢！"

"对呀，是四喜临门！"大家都开心得鼓起掌来。

这天晚上，宾主尽情狂欢，宴会厅里，洋溢着欢乐、温馨、友好、和谐……

小岚和万卡应酬了一会儿，万卡怕小岚累了，便扶她到

公主河的秘密

旁边沙发坐下，又让侍者送了一些点心过来。两个人一边吃一边分享着人们的喜悦。

万卡边吃边瞅着小岚微笑。小岚嘟着嘴说："喂，你老看着我干什么？"

万卡说："我在想，眼前这个女孩为什么这样了不起，竟然能让两个水火不容的国家，转眼间化干戈为玉帛、化暴戾为仁慈。"

小岚笑嘻嘻地说："天下事难不倒马小岚嘛！"

冷不防晓星钻到他们面前，扮了个鬼脸说："小岚姐姐、万卡哥哥，什么时候轮到你们订婚……"

没等晓星说完，小岚把一块蛋糕往他嘴里一塞，晓星"呜呜"地叫着，再也说不出话来。